UN ENCUENTRO INTIMO Y PERSONAL

HARVEY GARCIA BAUTISTA

UN ENCUENTRO INTIMO Y PERSONAL

PUBLICACIONES

UN ENCUENTRO INTIMO Y PERSONAL ©
Primera Edición: 2009
ISBN: 978-958-44-5363-1
Impreso en Colombia
Impreso por:
Diseño Gráfico Publicaciones
Correo-E: disenografico1@yahoo.com
Cel. 321 618 7800

A mis hijos, Daniela y Esteban, mi
gozo y mi alegría: "Si permanecen
en la verdad, siempre serán libres y
aún en las circunstancias adversas
podrán experimentar la vida
abundante en Cristo Jesús".

PREFACIO

Con este libro, Harvey García Bautista nos regala un relato devocional, doctrinal y espiritual que pretende mostrar lo que significa tener un encuentro íntimo y personal con el Señor.

El relato son las vivencias del autor en su peregrinaje cristiano y las situaciones cotidianas de su vida, en la que Dios es mostrado como la fuerza que ha hecho que Harvey viva y siga demostrando su amor al Señor, a sus hijos, a su familia y en especial al ministerio que Dios le ha dado a través de la música, la predicación y la enseñanza.

El autor usa un personaje central que es Justo; y cómo este hombre ha vivido las experiencias más hermosas de su encuentro íntimo con su Señor.

El libro está dividido en varias secciones:

Harvey es un amante de la lectura y la escritura poética. Es diseñador gráfico, músico cristiano y compositor. Y un hombre con deseos de servir a su Señor.

Se que ésta obra aportará a los lectores un diálogo abierto con la palabra y lo que significa tener un encuentro íntimo con el Señor. Las experiencias del autor nos harán reflexionar en cuanto al valor que tiene la vida íntima y nuestra entrega al Dios personal.

Que Dios nos bendiga a través de este maravilloso escrito y que sus enseñanzas nos desafíen a crecer más y más.

Dr. **LEONEL RUBIANO VILLA**
Teólogo, pastor y docente universitario
Santiago de Cali, Colombia
Marzo de 2006

Preludio

El Principio de La Vida Abundante

Y él dijo: Antes bienaventurados los que
oyen la palabra de Dios, y la guardan.

Lucas 11:28

El día tiene sus segundos, sus minutos, sus horas, el letargo del padecimiento humano, la agonía de una era dolorosa, la penumbra de una noche interminable; y bajo la penosa carga de las obras ancestrales, como grandes gotas de sangre, caen de nuestro rostro las penas y la incertidumbre del desamor perenne, presente en cada rincón del alma humana. Pero, también tiene el suave rocío que llega desde el cielo, las gotas de un amor no imaginado, del roce de unas manos que sanan, el sonido de una voz de esperanza que te anima, te exalta y te lleva por el camino más seguro; pleno de cosas buenas, deliciosas y preciosas, anheladas por el más aventurado cazador de sueños. Aquel que no mira la oscuridad, ni la frialdad de una noche de tormentas, sino la radiante dicha de sentir caer cada gota sobre su rostro, deslizándose por el cuello hacia su cuerpo sediento y llevando por los senderos de su ser la experiencia de sentirse vivo, vivo entre los muertos; lleno de vida abundante, plena e imperecedera en la eternidad.

CAPITULO I

El Encuentro

¿Qué os parece? Si un hombre tiene cien ovejas, y se descarría una de ellas, ¿no deja las noventa y nueve y va por los montes a buscar la que se había descarriado? Y si acontece que la encuentra, de cierto os digo que se regocija más por aquella, que por las noventa y nueve que no se descarriaron.

Mateo 18: 12-13

El vuelo del gavilán, solitario en las alturas, revoloteando en la búsqueda. Sus ojos dominan todo; la tranquilidad de su vuelo hace ver desde allí la ciudad como un mar agitado, sin calma donde nada parece tener un rumbo coherente. Son las 4:50 p.m., el afán y el desasosiego impulsan en el desenfreno a los transeúntes por las calles, que parece que luchan como el salmón contra la corriente por llegar a su lugar de destino. El fatigante calor que se niega a declinar y la estridente orquestación de la ciudad, que a una sola voz proclama el desgarrante panorama de un tiempo decadente, pleno de miseria y falta de dirección. Todo es como una ola irrefrenable que arrastra a todo aquel que se lanza en la odisea de salir al centro de la ciudad. Todos van de un lado para otro, indefensos y a merced de la furiosa nube de hechos dolorosos, que con violencia cada día se suman al implacable avanzar del reloj que marca el fin de esta era.

En un pequeño café, como un infinitesimal punto en esta historia de la humanidad, se encuentra sentado un hombre llamado Justo. Después de deambular por las calles en busca de ese algo que le impulsa hacia la búsqueda frenética de aquello que parece imposible de alcanzar, y que al fin de cuentas nunca se logra saber qué es. Ya cansado por la larga caminata; la intrépida excursión por el concurrido centro de la ciudad donde las aglomeraciones humanas parecen interminables y fatigantes hasta el punto de llegar a producir una especie de fobia por todo lo humano. Si, allí está Justo, un hombre de apariencia un poco extraña para el común de la gente que vive bajo la presión de este mundo decadente y movido por el consumismo entre los afanes propios de una era de desenfreno. Su pálido rostro, pero de expresión afable, refleja la tranquilidad de una mar inconmovible, que a veces resulta odioso, para algunos que no pueden entender cómo logra permanecer tan tranquilo ante las dificultades que asoman cada mañana en su lugar de trabajo, donde parece imperturbable. Su profunda mirada escudriñadora, y a veces inquisidora, ahora se torna fija hacia un punto indeterminado y etéreo en el firmamento, como mirando más allá de este mundo evidente, despreocupado y sin afán inmerso en lo profundo de sus largas cavilaciones sobre el propósito y el destino de la vida.

Justo no repara en el paso del tiempo que, aún a él, no parece afectarle. Para él no es importante; a veces da la impresión de que no tiene a donde ir, un lugar a donde llegar, ni unos brazos que le esperen abiertos llenos de emoción. La realidad que le presenta su propia vida es algo que le cuesta comprender, y esto lo ha llevado a la oscuridad abismal de un pensamiento sin fin que le conduce por senderos desprovistos de orientación hacia un camino que le dirija a encontrar la verdad.

La gente al pasar lo mira sin reparo mientras él, en lo profundo de su soledad, experimenta la necesidad de dialogar y contarle a alguien sobre la incansable búsqueda que lo mueve como una veleta en el mar, llevada por las olas sin control hacia un destino desconocido. A veces quisiera gritar y desahogar su dolor por no comprender lo que en su interior se desborda como un riachuelo que no puede contener más agua de la que corre por su caudal. Justo es equilibrado y la razón aún no le ha abandonado. A pesar de que a sus treinta y tres años la vida le ha dejado grandes sinsabores y profundos desengaños; nada ha podido derrumbar a este luchador que, mientras bebe un sorbo de limonada, repasa los rostros fatigados y afanados de aquellos que deambulan en su derredor. Luego al encontrar como un destello fulgurante los ojos de un pequeño mendigo, quien trae a su memoria las viejas batallas de su niñez, recuerda como si hubiera sido ayer cuando a la edad de siete años sin conciencia de bien y de mal; arrancándole compañía a la soledad, ya empezaba a comprender la terrible realidad de este mundo.

Parecía inevitable que el pequeño Justo acabando de nacer ya tuviera que luchar por su vida contra la misma muerte, un recuerdo en especial: el cuadro medieval del sufrimiento, su madre en cama con una extraña fiebre que la consume hasta dejarla sin aliento, su hermano mayor sentado en el antejardín de su casa con la extraviada mirada de quien se siente impotente ante las circunstancias, tal vez queriendo que se haga presente aquel padre que un día se marchó; y él, mirando tras la ventana por no poder salir, ya que también sufre y lucha con su propia enfermedad. La fiebre de cuarenta lo ha dejado sin fuerzas y tan solo puede mirar a sus vecinos correr entre las alocadas risas de la niñez, mostrando a todos los regalos que acaba de traer el niño Dios, pues es noche de navidad. Justo sonríe meneando la cabeza mientras piensa hasta donde ha podido llegar en medio de grandes luchas y batallas contra un mundo al cual él no pidió venir y que parece querer consumirlo. Es como si su propósito aguerrido fuera el de destruirlo. Justo no se explica el porqué, si él tan solo es un hombre corriente, sin posesiones, ni poderes, ni títulos honorables que lo lleven a ser siquiera visible ante los que se llaman alta sociedad.

Ha pasado el tiempo y son las 6:45 p.m., ya la tarde se ha marchado; en el horizonte los destellos del sol luchan por superar las nubes que han llegado después de un largo día de calor, dejando un hermoso panorama multicolor que se va perdiendo con el avanzar de la oscuridad y, mientras se enreda en sus interminables pensamientos, Justo decide abandonar el lugar.

Es hora de iniciar otra larga caminata en el retorno hacia el paradero del autobús, esta es una rutina que parece interminable. No se explica como puede hacerlo y, sin embargo, cada vez que piensa en dejarlo, no logra conseguirlo; pues su fuerza le impulsa desde lo más profundo y lo lleva indefenso. Es como a un recién nacido en los brazos de su madre en la espera de que ella provea lo que él necesita, esa fuente de paz que le quite la ansiedad por llenar su vientre. Mientras camina, puede sentir que alguien se pone a su lado y al volver su rostro, se estremece en su interior con extrañeza; hay algo familiar en aquella persona, es como si le conociera de alguna parte. Justo acelera un poco su paso y trata de dejarlo atrás, esa puede ser alguna de esas ocasiones en las que alguien camina desprevenido junto a ti y después alguno te dice: - "ayer te vi e ibas acompañado de alguien…" La vida tiene muchas coincidencias y a veces hasta se nos ve salir de lugares poco recomendables, cuando en realidad estábamos esperando un taxi o simplemente pasábamos por allí. La verdad es, que Justo no quería compañía, y menos, la de un desconocido. Los años de vivir metido en sus propios pensamientos lo han sumido casi en un silencio total. Es mal conversador, pues casi no halla un tema de que hablar con los demás; así que, tratando de evadirlo, aceleró su paso. Cuando creyó haberlo dejado atrás, su sorpresa fue grande; aquel hombre seguía a su lado. El mundo le había enseñado a ser desconfiado, ya tenía en su archivo recuerdos de algunas experiencias poco gratas con personas que lo habían timado, y claro, hoy día es muy fácil desconfiar de los demás; el pan diario de los noticieros son los hurtos, los engaños y los asesinatos por parte de personas que se presentan como los buenos samaritanos.

Al ver aquel hombre a su lado, no sintió temor; bueno, Justo era poco temeroso, aunque desconfiado y cauteloso. Después de vacilar un poco, Justo se detiene, y volviéndose le pregunta: - Dígame caballero ¿hacia donde camina usted? - aquel hombre le responde: - ¡Caminar, de eso se trata…!

- Claro usted puede caminar por donde quiera… replicó Justo.

Si, ese es el problema; muchos caminan por la senda que creen buena, pero su final es camino de perdición…

Justo se estremece de nuevo, al oír esa voz firme que le responde. Hay algo especial en esa voz; es como la brisa que acaricia los árboles al atardecer, refrescando y trayendo el sosiego después de un duro día de sol. Pero, más que la voz, también es la palabra que comunica algo; más allá de una simple expresión, es aquello que penetra casi hasta tocar el tuétano de sus huesos. Él siempre ha estado caminando, sea bajo el sol o bajo la luna, inmerso en la soledad de sus pensamientos; preguntándose acerca de la respuesta a su gran incógnita y ahora aparece un perfecto desconocido que le dice algo, a su parecer muy sencillo, pero inquietante al mismo tiempo.

-¿Qué, usted no entiende que quiero caminar solo?

Aquel hombre lo miró con ternura y respondió: - Ese es el gran problema de la humanidad. Justo no podía dar crédito a lo que escuchaba: - Y dime tú, preguntó Justo, ¿acaso hay alguien en este mundo en quien se pueda confiar?, ¿no camina el hombre solo, en busca de su destino, por causa de que cuando dos lo intentan, alguno de los dos siempre quiere sacar provecho del otro? cómo se nota que tú no vives con los pies en la tierra.

El hombre sonrió y le dijo: - un hombre como tú puede recorrer una gran distancia y llegar a un punto sobre la faz de la tierra, y aún seguir creyendo que no ha llegado a su destino, porque sigue estando solo.

Justo siente como si aquel hombre le conociera; y al buscar en su rostro una expresión que delate indicios de su intención, sus ojos se cruzan con esa mirada calida y tierna que le hace estremecer una vez más. No puede evitar experimentar un sentimiento de culpa, al mismo tiempo que un fuerte deseo interno de permanecer a su lado. Justo siempre ha ocultado sus sentimientos, para el mundo nunca ha brotado de sus labios una sola queja. Algunos llegan a molestarse, pues parece que la vida para él es un constante jardín de rosas. Pero ese instante es diferente, es como si no pudiera contenerse de expresarle a aquel desconocido lo que verdaderamente comprime su corazón por lo que arremete: - ¿Y cual puede ser el destino de un hombre que nace, crece, se reproduce y muere después de luchar todos los días de su vida; desde el mismo momento en que el aire entra por primera vez a sus pulmones con el dolor de vivir en un mundo que quiere aplastarlo, que mina sus sueños, sus esperanzas y a sus anhelos?

- El hombre fue hecho para tener un destino maravilloso - replicó aquel hombre.
- ¿Y qué destino le puede esperar a esta loca humanidad, que se sumerge en cada vez más en

la oscuridad...?

- ¡La felicidad!

- La felicidad, sí... ¿A caso es posible ser feliz en este mundo?, conozco a muchas personas en esta ciudad que tienen dinero y posición en la sociedad, y aún así no pueden ser felices. He leído también acerca de las personalidades del mundo de la farándula, la política y los negocios; gente que lo posee todo materialmente de sobra, y aún así, sus vidas son un mar de contradicciones e infelicidad, ¿y tú me dices que el destino del hombre es ser feliz?

- En verdad te digo que la felicidad del hombre no radica en cuanto posee materialmente, sino en cuanto logra avanzar hacia el encuentro de su destino -respondió aquel hombre.

- Y... ¿cómo sabrá el hombre en qué dirección ir para avanzar hacia ese destino, pues aún hoy, parece que ni siquiera sabemos a ciencia cierta lo que pasará el día de mañana?

- Mirando a las cosas verdaderas, las cuales no están en este mundo tangible a sus mentes...

- Ah! Tú has tocado el punto, yo he tenido una experiencia que no he contado a muchos. Es algo que me ha metido desde el primer instante en una búsqueda de algo que no sé qué es, pero que percibo que está allí, sin que pueda verlo o palparlo. Sé que es una realidad diferente a la que vivimos cotidianamente, que está presente y

ningún ser humano se percata de ello. ¿tú me
  entiendes?

- ¡Claro que te entiendo! Le dijo el hombre - Sé
  que la humanidad ha estado buscando esa
  realidad desde hace mucho tiempo, desde el
  principio de todas las cosas. Una búsqueda
  desenfrenada que solo ha conducido al mundo a
  la confusión y el desorden en medio de la muerte
  espiritual.

- Espiritual… ese es en realidad el punto donde yo
  no he podido encajar en este mundo. ¿Sabes? la
  experiencia que tuve fue extraordinaria; y no sé
  porqué, pero te la voy a contar:

Hace catorce años, una noche llegué a casa
después de la universidad y estuve estudiando un
rato como hasta las once de la noche; no me sentía
cansado ni con sueño, a pesar que después de la
jornada laboral ir a estudiar es algo que logra
agotarlo a uno. Me sentía algo inquieto, pero no
sabía el porqué. Así que como tenía que madrugar
para ir a mi trabajo (que consistía en vender cajas
de cartón corrugado y papel de regalo para una
pequeña compañía), me acosté para tratar de
conciliar el sueño. Cerré los ojos y me puse a
escuchar todo cuanto pasaba a mí alrededor. Mi
madre, estaba en el cuarto contiguo, trabajando en
una de sus labores que no parecían tener fin, y mi
hermano, miraba la televisión. No sé si en el espíritu
o si en la carne, no podría explicarlo; pero, de

repente, me vi subiendo por una gran escalera blanca. No sentía nada, todo parecía tan tranquilo y nada me parecía extraño. Cuando llegué a un descanso pude observar lo hermoso que era aquel lugar, las verdes praderas imprimían una reconfortante paz; el color de las flores que las cubrían tenían una apariencia brillante como el neón. No había montes altos, o quizás yo estaba más alto que todo, pues desde aquel lugar podía dominar todo el panorama. Enseguida, apareció a mi lado un hombre que vestía unas ropas resplandecientes, tan blancas que no pude ver su rostro. El me señalo todo el lugar y además me enseñó otros campos, los cuales no pude distinguir con claridad, pero que eran como una promesa de ser más bellos que los primeros. Luego, mientras el hombre hablaba, algo extraño ocurrió, no pude mantenerme en pie. Fue como si algo muy pesado se me hubiera puesto sobre los hombros haciéndome caer a tierra de rodillas e inclinado sobre mi rostro, era una fuerza superior a mi. Así permanecí unos cuantos segundos hasta que escuché una voz que me dijo levántate. No fue sino hasta levantar mi rostro que me percate de que las escaleras continuaban unos cuantos metros hacia arriba y que al final, en el descanso, había una silla dorada donde llegó otro hombre con el dorso descubierto y mostrando unas heridas aún sangrantes en su costado, en sus manos y en sus pies. Yo estaba totalmente atónito, su apariencia era admirable, a pesar de que parecía haber sido inmolado hasta la muerte. Me llamó poderosamente la atención que él parecía un rey. De la cintura hacia abajo vestía una especie de manto púrpura con bordes dorados, y en su mano llevaba un cetro con incrustaciones de piedras preciosas; pero, estaba coronado con una enredadera de espinas que le hacía sangrar su frente, y además estaba descalzo. Aún así parecía que nadie podía resistir la magnificencia de su presencia.

Cuando aquel hombre se sentó en su silla me miró a los ojos y no pude resistirlo, en ese instante me sentí desnudo, como transparente. Era como si nada de mi le fuera oculto, por lo que me sentí sucio e indigno. Nunca antes ni después experimenté una vergüenza tan profunda; creí que no tenía de qué avergonzarme, pues "jamás le hice daño a nadie, ni robé o maté..." era como si tan solo su presencia fuera suficiente para sentir que nada de uno le es oculto. Sus ojos me atravesaron y pude ver, inexplicablemente, mi sucio corazón...Luego señaló algo a mis pies (era como un tazón de porcelana china, muy blanco y transparente a la vez) y me dijo: -bebe-. Cuando tomé en mis manos el tazón pude ver que se trataba de un líquido de color rojo que al beberlo no tenía sabor. Era algo confuso por el hecho de que estaba allí y obedecía a este ser como si lo conociera de siempre; y mejor aún, no podía negarme pues algo me decía que él es la verdad absoluta... Después de beber me dijo que regresara, y mientras bajaba las escaleras pude ver como que cruzaba un umbral y estaba de nuevo en mi cama, sentado, y con grandes preguntas en mi mente. ¿Sabes? Desde ese momento todo cambió para mí, me sentía extraño; como si desde aquel instante debiera encontrar algo que no sabía en realidad qué era; o que ya lo había encontrado pero aún no se me revelaba...ah! esta pequeña mente que es lenta para entender...Fueron los días, los meses y los años siguientes una búsqueda infructuosa de ese algo, porque desde aquella noche yo había comprendido que existe otro mundo maravilloso y totalmente diferente al que vivo.

Aquel hombre esbozó una sonrisa mientras escuchaba el relato de Justo; no como un incrédulo, sino como diciéndose así mismo ya lo sé. Luego le preguntó:

- ¿Qué has pensado durante estos catorce años acerca de esa experiencia?
- Bueno lo único que te puedo decir es que he buscado la verdad en todos lados. Me he enredado con toda clase de sectas que pretenden ofrecer un camino hacia la espiritualidad como los gnósticos, los rosacruces y los espiritistas. Luego venía constantemente a

esa hermosa catedral que queda en frente del parque central para "hablar con Dios", y lo único que lograba era sentirme como un tonto hablándole a una estatua que nunca me respondió. No entendía como la gente habla con una estatua, si yo creo que Dios está en todo lugar, no como creen los panteístas o hinduistas de los que un día leí que creen que Dios mora con su esencia en todo.

- Ah! ¿Entonces crees que Dios es en realidad una persona?-

- ¿Bueno no dice la Biblia que fuimos hechos a imagen y semejanza de él?, lo cierto es que nadie ni nada había podido darme la respuesta. Alguien me dijo un día que en la Biblia encontraría todas las respuestas. Recuerdo que comencé a leer la Bíblica, pero sin entender nada; luego, unos años más tarde, estaba casado y mi búsqueda se había mitigado un poco, la vida me presentaba ahora un nuevo reto.

Mi propósito era entonces formar una familia y sacarla adelante. Yo pensaba que mis días de ansiedad y búsqueda estaban terminados. Me sentía feliz y con un norte en la vida. Pero, una vez más la realidad fue distinta, los problemas de convivencia empezaron a hacerse manifiestos un año después de estar juntos. De nuevo me sumía en mis pensamientos e incógnitas, y la vida se hacía insufrible. Entonces, juntos decidimos buscar ayuda en una iglesia cristiana evangélica y fue cuando comprendí que ese vacío continuaba aún allí.

Mi esposa y yo llegamos a un lugar del cual se hablaba por la radio, decían que allí podrían brindarnos apoyo y consejería para superar nuestras diferencias. El lugar era grande y acogedor, había pocas personas ese día, pero lo que más me llamó la atención fue el gozo con que nos recibieron. Un grupo de jóvenes tocaban los instrumentos desde una tarima y cantaban una melodía que exaltaba el nombre de Dios. Ese día sentí como si llegara por fin al lugar que tanto había buscado, sentía como que pertenecía allí. La consejería fue reveladora para nuestras vidas y la persona que nos atendió nos presentó la respuesta a nuestra necesidad. Nos dejó hablar y exponer nuestro caso, luego nos habló del maravilloso amor de Dios y del sacrificio de su Hijo Jesucristo. Todas esas palabras eran maravillosas y nos infundían una esperanza sin igual.

Finalmente, después de dos horas de compartir con nosotros, nos hizo una invitación muy especial. Nos preguntó si queríamos recibir la salvación que Dios da gratuitamente, el perdón de nuestros pecados y la promesa de una nueva vida, lo cual aceptamos de inmediato.

- Entonces, si tú ya encontraste ese camino ¿por qué sigues pensando que necesitas encontrarlo?

- La verdad es que los días siguientes a tan maravilloso evento fueron llenos de mucha esperanza para mí, aunque las dificultades no se dejaban esperar. Todo había cambiado, sentía como que pertenecía a algo más grande que este mundo y sus problemas. Unas cuantas pruebas no iban a hacer que mi espíritu volviera a afligirse, mucho menos llegar a la duda. La Biblia me brindaba una constante fuente de fe y esperanza; ya empezaba a entender muchas cosas que antes había leído allí. Parecía que mi vida nunca más iba a encontrar el tropiezo. Ahora comprendía el porqué los evangélicos se llamaban hermanos y sentía que amaba a todos. Qué hermoso era todo ese panorama que ahora cobraba un especial sentido, los abrazos, los cánticos y las palmas. El gozo parecía interminable en aquel lugar, la palabra del predicador siempre parecía hablar de mis problemas y actitudes. Me sentía aludido mas no ofendido pues sabía que era Dios quien me hablaba allí mismo, por lo que me proponía siempre obedecer la palabra viviendo un cambio radical de actitud. Poco a poco fui conociendo a los hermanos mientras me vinculaba a los ministerios de la congregación. Todo iba muy bien. En la iglesia había encontrado un refugio que poco a poco me fue haciendo olvidar el pasado.

El primer año ya estaba muy comprometido con la iglesia, definitivamente quería servir a Dios.

Pero, de nuevo todo empezaba a cambiar. En las asambleas de la iglesia me daba cuenta que los hermanos no son en realidad lo que muestran en el culto. Aquellos que levantaban las manos al cielo en medio de la alabanza con lágrimas en los ojos, allí eran los más fieros acusadores, hacían acepción de personas y trataban siempre de menospreciar la obra de los demás. Todo bajo su altiva demostración de intelectualidad y falso celo por la casa de Dios. Otros por el contrario eran indiferentes a todo, parecía que al llegar al salón del culto era el momento propicio para saludar y hablar con todos. Aquellos se la pasaban todo el tiempo mirando a los demás hermanos y durante la alabanza no cesaban de conversar. Esto me parecía contradictorio, pues creía que allí se iba a exaltar y adorar el nombre de Dios.

Las diferencias de clase social saltaban a la vista en las reuniones de koinonía. Algunos se atrevían a decir que la iglesia se estaba llenando de pobres y procuraban mantener la distancia con aquellos de escasos recursos. Y que hablar de los grupos exclusivos de aquellos que pretendían llevar las riendas de la iglesia. En todo les gustaba aparecer como promotores, siempre con la intención de que las cosas se hicieran bajo la rigurosa tradición de hace cientos de años. Estos siempre estaban criticando el tono de voz de los predicadores, la emotividad del grupo de música, si el director hablaba muy duro, si el pastor se ponía la corbata de cierto color, etc., etc. en fin todo era motivo de crítica. Parece que nada podría llenar las expectativas de un culto para estos hermanos que vivían mordiéndose los unos a los otros.

Todo esto empezó a incomodarme pues yo creí haber encontrado un lugar en medio del mundo donde por fin el amor de Dios nos hacía participes de una igualdad familiar, es decir, siendo hijos del mismo Dios teniendo todas las cosas en común como dice la Biblia acerca de los primeros creyentes. Yo trataba de revelarme ante esto y quería mostrarles que la religiosidad es una mordaza que nos impide elevar una legítima adoración a Dios, pero las críticas, los comentarios mal intencionados, los chismes y las habladurías hicieron su obra destructora. Mi propia casa estaba en entredicho, ya algunos se habían encargado de difamar el buen nombre de los míos. Era duro enfrentarse al hecho de que el culto dominical y las otras actividades de la iglesia no eran más que una manera nueva de adentrarse en esa tediosa y adormecedora práctica de una religión que no conduce a nada. Era como una moda pasajera donde todos llegan con entusiasmo, pero poco después se pasa y llega la rutina. El vestido deja de ser algo novedoso y limpio, mientras el calzado se va desgastando de tanto caminar a la deriva.

La verdad te digo que no sé que es mejor, si asistir

al culto o dejar de ir, pues al verme metido en medio de tanta hipocresía, siento como que estoy en el mismo sitio donde la religión marca un sentido de guerra y destrucción en los hombres hacia sus semejantes.

Aquel hombre guardó silencio mientras le miraba, era como si Justo le dijera algo que en parte le avergonzara. Luego, alzando sus ojos hacia el cielo señaló la luna y le dijo: - ¿sabes? Cuando el hombre decidió ir a la luna, se metió en una empresa que sabía que no era fácil, y cuando estuvo metido en el proceso se dio cuenta de que realmente era más difícil de lo que había escatimado. En su intento tuvo muchas pérdidas y se vio criticado y bajo la duda de los escépticos que no lo creían posible; aún así, su propósito era llegar a la luna y nunca dejó de mirar a ella, hasta que llegó a pisar su suelo. Dios sabe que la redención del hombre es mucho más compleja y que para ustedes es difícil aceptar su voluntad. Pero ha dejado su palabra, para que en ella encuentren la vida. En esto radica la diferencia entre tú y tu prójimo, en que habiendo recibido el don de Dios en igual medida generosa, cada uno tiene que aprender a caminar por la senda de la verdadera vida. Esto lo determina su propia medida de aceptación de la verdad. *(Salmos 16:1-11)*
- Pero, yo he aceptado la verdad de Dios. ¿Cómo es posible que tratando de vivir haciendo la voluntad

de Dios, un hombre cometa tantos errores? He ayunado escudriñando las escrituras, he estudiado a los más destacados teólogos y todo esto parece no conducirme a ningún lado. Por otra parte, me parece casi imposible seguir a Dios y tratar de caminar con él; mientras, los que han sido mis propios maestros, parecen no haber comprendido aún lo que enseñan. Realmente siento que hoy mi propia vida no es un legítimo testimonio de Cristo, de quien se enseña que es el modelo a seguir. Mis problemas interiores, la lucha contra la tentación y los ataques externos me han debilitado a tal punto que ya no sé si la iglesia sea un buen lugar para aprender a caminar con Dios. He orado a Dios todos los días pidiendo su dirección. Le he suplicado que me hable y me enseñe la manera de no llegar a sentir aversión por aquello que un día creí que era la respuesta para todos los males de la humanidad.

Aquel hombre volvió a sonreír y lo miró fijamente a los ojos diciéndole: - Yo te he escuchado desde el primer día que clamaste a mí. Ciertamente hoy he venido a ti para mostrarte el camino. Yo he fijado mis ojos sobre ti y ahora te mostraré y te enseñaré el camino por el que debes andar. Para que no seas como el caballo, o el mulo, sin entendimiento, que tienen que ser amarrados con cabestro y con freno, porque sino no se acercan a ti. *(Salmos 32:8-9)*

Justo no podía dar crédito a lo que escuchaba y

sonrió con un aire de incredulidad, pero un instante después su semblante palideció y se transformó en una expresión de asombro al ver claramente el rostro de aquel hombre que le hablaba. Era como si un velo se hubiera quitado de sus ojos; no sabía si saltar de alegría o llorar, el estupor hizo presa de todo su ser, sintió de nuevo la vergüenza de la desnudez. Un temblor que no pudo controlar se apoderó de su cuerpo, esto era imposible. Aquel hombre efectivamente era el mismo que hace catorce años había visto sentado en la silla dorada, en su extraña experiencia. Justo no sabía que hacer, sus emociones se entrelazaban sin definir lo que sentía en aquel momento. Su mente luchaba por ejercer el control de la situación y tan solo con voz entrecortada pudo esbozar una tímida pregunta: ¿Como... puede ser?

Aquel hombre lo miró con una ternura jamás experimentada. Su voz firme como la de un instrumento afinado le dijo:- ¡No temas!, Yo soy. Mi Padre hasta ahora trabaja y yo también trabajo. *(Juan 5:17)* De tal manera ama Dios, el Padre, a la humanidad, que ha dado a su único hijo santo para que todo aquel que cree en él no se pierda, sino que tenga vida eterna. *(Juan 3:16)* Así que, como mi Padre te ama, yo también te amo con amor eterno; él es quien ha puesto tu vida en mi mano para que no la pierda, y nada de lo que me ha sido dado por mi Padre he de perder, porque nada ni nadie lo puede arrebatar de mi mano. *(Juan 10:27-29)*

- Pero, yo soy un hombre insignificante..., ¿por qué vienes a mí?

- Ningún hombre sobre la faz de la tierra es insignificante para el que ama. En el reino de los cielos aún el más pequeño, llega a ser tan importante como Juan el Bautista de quien se ha dicho que es el profeta más grande. *(Mateo 11:11)* Así que todas las ovejas del redil son importantes para su pastor, porque aún la más pequeña es tan valiosa como la grande; para esto he sido dado al mundo, para venir y buscar la extraviada, sanar la perniquebrada y así juntar el rebaño. *(Juan 10:11-16)*

- ¿Pero, por qué ha permitido Dios que yo sufra en esta penosa búsqueda, aún después de aceptar su amor y misericordia?

- En realidad tú no has buscado a Dios, él te ha buscado a ti. Ninguno puede venir a mí si el Padre no le trajere antes. *(Juan 6:44)* Y esta es su obra, que creas en el que él ha enviado, para rescatarte de la muerte eterna. *(Juan 6:29)*

- ¿Muerte eterna? ¿acaso es posible estar dentro de la iglesia y aún así no alcanzar la salvación?

- Yo soy la vida, la luz verdadera que alumbra a los hombres. *(Juan 12:46)* Así que, separados de mi nada pueden hacer los hombres, lo que significa la muerte eterna.

- Yo he creído en ti y creo que tengo la vida.

- Eso es lo mismo que muchos dicen en el mundo,

pero ninguno de ellos quiere caminar realmente conmigo. *(Proverbios 16:2 y 25)* Y cierto es, que la salvación es un regalo del Padre y no el resultado de las obras del hombre; y muchos han aceptado la gracia de Dios, pero sobreedifican sus vidas conforme a sus criterios y no ajustan sus vidas a mi palabra; tienen salvación, aunque como por fuego. Pero este no es el propósito de Dios, sino que caminando con migo tengan una vida abundante. *(1 Corintios 3:11-19)*

- ¿Caminar? ¿luego no dice la Biblia que tan sólo es necesario creer? ¿no es suficiente la fe?

- Tú has creído, y también has caminado en busca de algo sin obtener resultados. De cierto te digo que los demonios también creen y tiemblan en mi presencia, y cierto es, que por la fe ustedes son salvos. Más aún, es necesario que la fe esté acompañada de hechos que demuestren que tu vida está en mí. Y esto de los hechos no son solo las obras que manifiestes al mundo como partícipe de la piedad, pues con esto muchos logran agradar a los hombres; pero lo que del corazón es manifestado a Dios, es un fruto que permanece para vida eterna. Así que, las obras solas no hacen salvo a ninguno, por que no es por obras sino por fe; porque por gracia ustedes son salvos por medio de la fe; y esto no procede de ustedes, pues es el regalo de Dios; no por obras para que nadie se gloríe. *(Efesios 2:8-9)* Pero esto te digo, que los hechos deben acompañar tu fe y digo, que los hechos deben acompañar tu fe y hechos de un corazón circunciso; *(Colosenses 2:11)* porque, como el cuerpo sin el espíritu está muerto, así también la fe sin obras está muerta. *(Santiago 2:26)* Ahora, debes tener en cuenta que los hechos son manifestación de la fe; pero, ¿Cómo manifestarán los hijos de Dios la fe al mundo?, la vida abundante viene mediante la fe en mi nombre y la fe por el oír de la palabra de Dios. *(Romanos 10:2-17)* Más aún así, mis palabras no permanecen en muchos de ustedes porque no han querido ajustar sus vidas a ellas, mas bien han ajustado la palabra a su estilo de vida lo cual ha provocado diversidad de interpretaciones y pensamientos que solo conducen al error.

- He escuchado que la fe es poderosa, por lo cual muchos obtienen resultados, aunque en sus vidas no se reflejen cambios sustanciales hacia el crecimiento del ser espiritual.

- Yo soy el camino, la verdad y la vida; y ninguno viene a la presencia de Dios sino por mí. *(Juan 14:6)* Muchos consiguen los propósitos de su corazón en esta vida, pero lo más importante lo pueden llegar a perder; pues de qué sirve al hombre si ganase todo el mundo para al final perder su propia alma. *(Mateo 16:26)* Ustedes con los ojos ven, pero su entendimiento está entenebrecido por el pecado, lo que les impide ver más allá en la verdad de Dios. Y esta es la obra de Dios, que el que oye mis palabras, las guarde y vea el camino, porque yo todo lo que he escuchado del Padre les he compartido. Aquel que procede según mis palabras es amado por mi Padre y vendremos a él para morar juntos, como uno solo en su vida. *(Juan 14:23)*

- Señor, esto es difícil de entender... ¿Cómo puede ser que muchos, en la misma iglesia, lleguen a perder su rumbo?

- Lo sé, pero yo les he dado el Espíritu de la verdad; aquel a quien no han querido atender, pues es mejor para muchos el escuchar la sabiduría humana, representada en todo aquello que resulta más cómodo para la sazón de estos tiempos. *(2 Timoteo 4:3-4)* Cuando lo escuchen él, les hará entender todas las cosas, porque tomará de lo mío y se los hará saber. *(Juan 16: 13-14)*

En ese instante Justo tiene mil preguntas que necesitan respuestas, pero siente que no puede continuar. En su mente nunca habría cabido la posibilidad de semejante encuentro; él estaba allí, delante del autor y consumador de todas las cosas: Jesús el redentor de la humanidad. Antes había creído que, quizás, todas sus respuestas serían aclaradas un día al pasar el umbral de la muerte física y encontrarse con la verdad. Pero, ahora se da cuenta que necesita de algo más para poder seguir adelante, que no hay argumento que lo justifique de haber estado tan apartado de Dios, aún cuando pretendía estar buscándolo. Solo el lastimero sollozo y las lágrimas corriendo por las mejillas de Justo, rompieron el silencio en que se había sumido después de la última respuesta de Jesús, quien posando suavemente su mano en el hombro le dijo:

- Todo el que viene a mi, encuentra la puerta abierta, y yo no le echo fuera, porque el buen pastor a sus ovejas ama. *(Juan 6: 35-38)*

Jesús empezó a caminar dirigiéndose hacia el puente que conduce al parque, y parándose miró el cause del río apoyando sus manos sobre la baranda, y levantó sus ojos al cielo. Justo no sentía temor de las miradas inquietas de los que pasaban a su lado viéndole sollozar como un niño. Sentía que el mundo se esfumaba y solo quedaban él y Jesús bajo el inmenso firmamento, plagado de estrellas aquella noche. Solo unas palabras salieron de lo más profundo de su corazón en ese instante: - Señor..., reconozco que he estado apartado de ti. Que mí pecado no me ha permitido ver la verdad, lo cual ha sido dejarme llevar por todo lo que he visto aquí en la tierra y no volver mis ojos al cielo para vivir la vida que te agrada. Te pido perdón. ¿Qué debo hacer ahora para caminar contigo de verdad?

- Ya te dije que he fijado mis ojos sobre ti y te haré entender el camino por el cual debes andar. *(Salmos 32:8)*

- Tengo tantas cosas que preguntarte y no sé como...

Justo había inclinado su cabeza para mirar el río, y en ese instante al levantarla para mirar una vez más a Jesús, se dio cuenta que ya no estaba junto a él. Repasó con sus ojos todo el lugar para ver si Jesús se había dirigido hacia otro punto del parque; miró hacia las bancas, un poco más allá y nada. El ambiente se vio enrarecido de repente ante la ausencia de Jesús, era como si la paz y el amor se le hubieran quitado al mundo. Ahora se veía de nuevo indefenso e inmerso en el caos.

En ese momento Justo se sintió un poco extraño, la duda de si aquel encuentro había sido real le embargaba. Con gran incertidumbre empezaba a divagar si tan solo esto era una mala pasada de su mente. Pensaba que tal vez se había metido demasiado en sus pensamientos, llevándolo a tener una imagen hipnagógica de sus más profundos anhelos, que habían aflorado llevándolo hasta el borde de la alucinación. Aún así, no podía ignorar la profunda paz y el sentimiento de alegría, nunca antes experimentados por él, que le invadían su corazón.

Era como si desde allá arriba alguien le hubiera acogido en sus brazos, lleno de gozo por encontrar a alguien que hace mucho tiempo se había marchado, y al fin regresaba para ya nunca mas partir de su lado.

Al día siguiente no podía dejar de pensar en su experiencia, que era como un sueño. No lo contaría a nadie, quién podría creerle. A fin de cuentas, según la teología, Jesús no será visto por ojo alguno, sino hasta el día del arrebatamiento. Lo más importante es que ahora se sentía reconfortado; una nueva fuerza le impulsaba a caminar, pero esta vez tranquilo y confiado en que ya no lo haría solo. Definitivamente fuera en la carne o en el espíritu Justo sabía que Dios le estaba hablando, y que aquel encuentro sería el principio de su peregrinaje por el camino que conduce a la vida eterna.

CAPITULO II

El Nuevo Nacimiento

Respondió Jesús y le dijo: De cierto, de cierto te digo, que el que no naciere de nuevo, no puede ver el reino de Dios.

Juan 3: 3

Los días siguientes fueron llenos de mucha esperanza para Justo. Y aunque las dificultades siguieron presentándose, era consciente de que lo contrario no sería posible en un mundo como este.

De nuevo Justo miraba hacia la iglesia. Aunque allí, en apariencia, no pasaba nada extraordinario. El culto seguía igual, la liturgia se hacía monótona y hasta las oraciones de algunos directores parecían sacadas de algún libro; bueno, un hermano llegó un día a leerlas. Parecía que esto había perdido su sentido espontáneo y dirigido por el Espíritu Santo, en el momento de expresar adoración a Dios. Claro está, algunos defendían la posición de que era lícito. Lo cual, a Justo, no le parecía un tema de discusión pues lo importante no son las grandilocuentes oraciones; sino lo que hay en el corazón. A lo mejor aquellos hermanos agradaban a Dios con aquella manera de hacer las cosas. Lo que sí era molesto es el hecho de que el culto bajo esta dirección parecía, más bien, la ceremonia de alguna entrega de premios donde todos se robaban el show; mientras el Padre, el Hijo y el Espíritu Santo eran los tres invitados más ignorados.

Por otro lado, los eventos de la vida cotidiana en la iglesia, cada vez iban mostrando un panorama abrumador. Pastores infieles, abusadores y fornicarios; que parecían competir con los representantes católicos, que cada día aparecían por la televisión, enredados en los más crueles casos de abuso sexual de menores y violaciones a toda norma moral que debe gobernar la iglesia. Todas estas cosas le hacían pensar a Justo si de verdad el cristianismo iba por el camino correcto. La triste realidad latinoamericana le demostraba que muchos, pretendiendo huir de la religiosidad, estaban cayendo quizás en algo peor.

La proliferación de numerosas denominaciones cristianas hacía ver como si la Biblia trajera una verdad diferente para cada una de ellas. Los énfasis doctrinales y ministeriales pululaban. Cada uno atribuyéndose así mismo el poseer la verdad absoluta, lo que ya creaba un ambiente bastante difícil para la predicación del evangelio. Muchos hasta se atrevían a decir que fuera de su congregación ninguna otra sería salva. Y ni que hablar de las sectas que alrededor de todo el mundo iban dando testimonio de sus masacres en medio del culto. En algunos programas de televisión cristianos, los predicadores invitaban a la iglesia a ejercer toda clase de prácticas que se convertían en cargas difíciles de llevar para muchos. Desde amuletos ungidos con aceite hasta prolongados ayunos, donde se escuchó la noticia de que alguno había fallecido por causa de no poder resistir tal ayuno. Todo esto era el pan diario para recibir el favor de Dios. ¿En qué se estaba convirtiendo la iglesia? Ya todo esto parecía el escenario de un circo; donde los payasos hacen, de la confusión, la delicia de un público que solo puede responder con explosivas carcajadas.

Realmente para Justo, esto representaba un problema que le estaba llevando al borde de ser una isla flotante, que no hallaba identidad con la manifestación de fe de congregación alguna. Cada día volvió a caminar largos trayectos, tratando de regresar cansado a su casa y no pensar en nada más. Pero, eran esas caminatas las que en cada paso le alimentaban esa agobiante idea de dejar la iglesia. Debía haber algo más; no era suficiente el hecho de estudiar cada día la Biblia y asistir dos veces por semana al culto. Esto estaba afectando de verdad a Justo, pensaba si tal vez era su conocimiento de las escrituras; o quizás el encuentro que había experimentado. Lo cierto es, que ya todo lo que escuchaba de otros a cerca de la palabra de Dios, le parecía de poca autoridad y de escaso sentido. Algo estaba ocurriendo en su interior y esto le preocupaba. Poco a poco se alejaba de aquello que amaba hacer, predicar el evangelio de las buenas nuevas. Todo esto le resultaba muy confuso. Justo pensaba que tenía una relación con Dios, y aun así, le costaba aceptar a sus hermanos. Tal vez el conocimiento le estaba nublando la mente y se creía algo que no era; o quizás, a él mismo le faltaba entender algo que no podía, por no ver más allá de esta realidad. Lo que si era cierto, es que a Justo le faltaba recorrer un camino que apenas estaba por comenzar.

Justo sentía que sus oraciones estaban limitadas, y que por más que se esforzaba no podía experimentar un cambio radical que lo llevara a evidenciar una verdadera y duradera paz. Los días transcurrían en medio del monótono girar del engranaje de la vida sin propósito. Para Justo no había sido suficiente aquel gran encuentro con Jesús. Había pasado casi un año sin asistir a la iglesia con regularidad; lo hacia de una manera intermitente, pues cada vez que iba, se sentía peor. Anhelaba un cambio, pero todo lo veía igual. Y por si fuera poco, ya empezaba a experimentar grandes pérdidas en su vida; era como si una gran fuerza lo empujara hacia el vacío. Primero su comunión con los hermanos de la iglesia, quienes poco a poco le fueron haciendo a un lado. Parecía que ya no tenía más semilla para sembrar. Los que antes le buscaban para orar y escuchar palabras de aliento, ya no regresaron. Luego su joven esposa lo había abandonado, esto lo sumió de nuevo en un estado introvertido. Su semblante decayó y el mundo alrededor careció de sentido. Su dolor fue grande al ver que aquello por lo que había luchado durante algunos años, se derrumbaba en pocos segundos. El divorcio fue traumático, el amaba a su "hermoso pajarillo" (así llamaba a su esposa); y le dolió tener que abrir las puertas de su nido para que volara más allá, en sus sueños de juventud, hacia un cielo radiante y lleno de colores. De pie en el balcón de su casa pudo ver como se unía al resto de las aves; era la libertad anhelada, la cual no puede negar aquel que ama.

Los meses transcurrían y las ocupaciones mitigaban un poco el dolor de su corazón; pero, la soledad era esa vieja compañera que ahora retornaba para mofarse en su rostro del fracaso de su vida. Esa mañana Justo oró, tal vez como nunca lo había hecho, su espíritu gemía como si estuviera hundido en el fango, luchando por salir de un hoyo profundo y oscuro. Las horas laborales pasaron y la tarde llegó; Justo no sabía a donde ir, era sábado y la tarde soleada le invitaba a dar un paseo. Todo se veía tan radiante, era como si de pronto, alguien le hubiera impreso más color al mundo. Era extraño, quizás su dolor ya se estaba mitigando y esto le animó a seguir adelante, en medio de la ciudad. Al llegar al parque central, miró a su alrededor y recordó la maravillosa experiencia de aquel encuentro con Jesús; caminó un poco más hasta llegar al puente sobre el río, y posando sus codos en la baranda, quiso disfrutar de la brisa que ya refrescaba la ciudad después de un caluroso día.

La tarde traía al parque, como a las aves, las jóvenes parejas de enamorados que, tomados de las manos, contemplaban alegres el atardecer. Justo observaba y añoraba aquellos lejanos días en que afloró el amor en su corazón, aquello era como un despertar, como nacer de nuevo. El amor era definitivamente una experiencia única e inolvidable para el corazón humano. Justo se preguntaba si todo había terminado para él. Si de alguna manera tendría la oportunidad de una nueva vida, porque lo que estaba experimentado en aquel instante no se parecía a la vida abundante que ofrece Dios. De pronto una voz a su lado le dijo: - ¡Manifestar que has nacido de nuevo, es necesario para emprender la nueva vida!

Justo conocía esa voz y al volverse su sorpresa fue grande. Allí estaba, de nuevo junto a él, Jesús; quien le dijo: - No te turbes, yo he ido a preparar morada para aquellos que esperan en mí, porque donde yo estoy estarán los que en mí creen. *(Juan 14:1-2)*

De nuevo como la primera vez, Justo sintió que se desvanecía y no podía mantenerse en pie, aún cuando en ese instante la presencia de Jesús no estaba acompañada de acontecimientos extraordinarios como narran algunos pasajes de la Biblia. Lo cierto es que su presencia infundía a su entorno una fuerza extraordinaria, la sola mirada de Jesús traspasaba todo y nada era oculto ante él. Y con voz entrecortada, Justo tan solo pudo dirigirle unas cuantas palabras:

- Señor... ¿cómo iré a un lugar y estar junto a ti, si aún me cuesta estar aquí? Hay tantas cosas en tu palabra, que resultan difíciles de entender completamente para la vida práctica...

- Jesús lo miró con ternura y le dijo: - Tú sabes donde estoy y sabes el camino para ir tú también, pero te es necesario tomar conciencia del nuevo nacimiento para seguirme.

- ¿El nuevo nacimiento...? Yo ya nací de nuevo cuando recibí tu palabra y acepté el ofrecimiento de salvación y me convertí a ti, pero, con todo esto, mi vida sigue siendo un manojo de dificultades...

- Imposible es, que no vengan tropiezos en la vida; aun así, todo el que es nacido del agua y del espíritu puede vencer al mundo. *(Juan 3:5-6 y 1 Juan 4: 4-6)*

- Señor, ¿yo soy bautizado en tu nombre, y aun haciendo esto, no he manifestado al mundo mi nuevo nacimiento?

- Justo, en verdad te digo que muchos son los que en este mundo me dicen Señor, Señor y no hacen mi voluntad. Aún habiendo oído el mensaje de la verdad, el anuncio de la salvación, y creyendo en mí, y fueron unidos a mí y sellados como propiedad de Dios por medio del Espíritu Santo que les había sido prometido. *(Efesios 1:13-14)* Sí, han nacido de nuevo al creer en mí, al aceptar mi ofrecimiento de salvación y vida eterna, pero, no disfrutan ni muestran al mundo este nuevo nacimiento, pues sus obras no son hechas conforme al Espíritu, sino conforme a la concupiscencia de sus almas. *(1 Corintios 3:3 y 6:1-11)*

- Pero, ¿por qué me cuesta tanto vivir una vida espiritual de verdad...? Porque, lo que hago, no lo entiendo; pues no hago lo que quiero, sino lo que aborrezco, eso hago. *(Romanos 7: 14-15)* ¿Sabes? Quisiera vivir realmente en el Espíritu como enseñas Señor, pero no puedo dejar de experimentar las emociones. He escuchado a muchos decir que las emociones son un tropiezo para la vida del creyente, pero yo no se como dominarlas. Antes, por el contrario, veo que la mayoría de los que se dicen espirituales son igualmente dominados por ellas. Entonces pienso que solo alcanzaremos una verdadera vida en el Espíritu al morir.

Jesús empujó suavemente con su mano el hombro de Justo, invitándole a caminar, mientras le decía: - Nacer de nuevo... El hombre fue formado por Dios no solo para tener quien le adorara; lo hizo para depositar su amor, ¿por que qué amor puede manifestarse si no hay en quien depositarlo? Y al haber amor entre dos, hay verdadero compañerismo. Tú estás aquí para tener compañerismo, no solo con tus semejantes, sino también con Dios; y aún así no puedes tener compañerismo con tus semejantes sino tienes compañerismo con Dios y también lo contrario, no puedes tener compañerismo con Dios, sino tienes compañerismo con tus semejantes. Porque nuestra unidad perfecta es el amor, el cual el Padre celestial ha depositado en sus corazones y eso los hace únicos a ustedes en medio de los que no conocen la verdad. *(Romanos 5:5)*

- Si, pero Dios es espíritu y yo carne, luego... ¿como puedo ser espiritual estando ligado a un entorno donde la humanidad es llevada por las emociones, y esto también en los que son de la fe?

- Cuando digo que eres único es porque tú eres un alma viviente, ya que no solo eres cuerpo sino también, espíritu. Esta unidad te ha hecho ser único, con características únicas en comportamiento y razonamiento. Por la unión del cuerpo con el espíritu tú puedes interactuar con tu entorno, con esa sensibilidad especial que te lleva a experimentar las emociones.

- ¿Entonces, que tienen que ver las emociones con la caída espiritual del hombre?

- Mucho, pues es allí mismo donde el engañador de este mundo actúa; como has escuchado, que a la verdad el espíritu está dispuesto, pero la carne es débil. *(Mateo 26:41)* Toda codicia entra por los ojos, aún no has tocado nada físicamente, pero tu alma ya lo hizo al codiciarlo *(Génesis 3:6)* y esto es ya el resultado de la tentación de Satanás a sus vidas, lo cual trae pena y dolor; y lo que es peor, la muerte espiritual. *(Santiago 1:13-15)* Por esto les he dicho, que cualquiera que mira a una mujer para codiciarla, ya adulteró con ella en su corazón. *(Mateo 5:28)* Porque, aquellos que ambicionan todo lo que ven sus ojos, siempre están tentados, y su alma es presa de codicias necias y dañosas que hunden a la humanidad en destrucción y perdición. *(1 Timoteo 6: 9-10)*

- Pero, si esto es así ¿por qué lo permites?

- Ustedes tienen libre albedrío, esta es una condición única dada a ustedes por Dios. El engañador quiere siempre someterlos a sus deseos, totalmente desprovistos de voluntad. Dios les ha dado la voluntad para que en esto se muestre a toda la creación su multiforme sabiduría, reflejada en un amor que no subyuga, sino que les hace completamente libres de elegir. Y esta elección en ustedes debe ser entregar su voluntad, emociones e intelecto, para que Yo habite en sus corazones y el Espíritu Santo los guíe a toda verdad, convenciéndolos de juicio y de pecado.

- Pero, ¿Cómo puedo nacer de nuevo y permanecer puro, cuando mi conciencia sigue siendo atacada constantemente?

- Ya te lo he dicho; el conocimiento del bien y del mal implicó para ustedes la experiencia de un nacimiento al dolor y el sufrimiento, espiritualmente habían muerto, ahora estaban separados de Dios por su pecado. *(Génesis 3:11)* Este conocimiento ya no era el producto de la comunión con el Padre; la nueva sabiduría era una experiencia sucia, como una enfermedad que les confundió y les hizo sentirse desnudos, es decir, faltos de la pureza. Ya no contaban con la sabiduría que viene de lo alto, sino que fueron gobernados por la mente carnal. Bajo la dirección del príncipe de la potestad del aire, el espíritu que ahora opera en los hijos de desobediencia. *(Efesios 2:2)* Aún así, tú puedes vencer a la tentación y al pecado permaneciendo en mí, pues por el primer Adán fuiste constituido alma viviente y yo soy el postrer Adán, el Espíritu vivificante. *(1 Corintios 15:45)* Yo he venido para vivificar su espíritu muerto por el pecado, y no solo para que tengan vida, sino para que la tengan en abundancia en todo su ser, espíritu, cuerpo y alma. *(Juan 10:10)* Yo soy el que ha reconciliado todas las cosas con Dios, y te lleva a vivir la vida por el Espíritu naciendo de nuevo en mí. Así que ya no te conformes a los ofrecimientos de este mundo, que resultan agradables para los sentidos, sino que siendo transformado por medio de la renovación del entendimiento comprende cuál es la buena voluntad de Dios, que es agradable y perfecta. *(Romanos 12:2)*

- ¿Y cómo puedo renovar mi mente cada día? Yo

todos los días leo la Biblia, y esa palabra deseo ponerla por obra, pero las tentaciones aparecen por doquier y muchas veces me vencen.

- Amado, en verdad te digo que tu alma está ahora en medio de dos árboles; el árbol del conocimiento de la ciencia del bien y del mal, y el árbol de los frutos del Espíritu. Debes tener en cuenta que para vencer debes extender tu mano hacia los frutos que te darán la vida eterna. Esto es, andar en el espíritu y no satisfacer los deseos de la carne. Porque el deseo de la carne es contra el Espíritu, y el del Espíritu es contra la carne; y estos se oponen entre sí, para que no hagas lo que quieres de verdad. *(Gálatas 5:16-17)*

- Señor, ¿Cómo puede uno vencer la tentación de alcanzar los frutos codiciables de las obras de la carne?

- Ahora tienes conocimiento del bien y del mal, y puedes discernir entre lo que es verdaderamente bueno y lo que es malo, porque cierto es que todo te es licito, pero no todo te conviene. *(1 Corintios 6:12 y 10:23)* Ya te dije acerca de las emociones, que no pueden desaparecer del ser humano por ser parte integral de su naturaleza. Y la fe no puede estar fundada en las experiencias solamente, sino que ha de ser fortalecida por los hechos de Dios, registrados en su palabra. Porque los que son de doble ánimo viven una fe netamente emocional, llevados de un lado a otro como las ondas del mar. *(Santiago 1:2-8)* Pero, escudriñando la verdad pueden conocer la voluntad de Dios, y cada uno puede ejercer dominio propio por la presencia del Espíritu Santo en sus vidas, porque si son guiados por el Espíritu, ya no están bajo la ley para muerte; pues manifiestas son las obras de la carne, que son: adulterio, fornicación, inmundicia, lascivia, idolatría, hechicerías, enemistades, pleitos, celos, iras, contiendas, disensiones, herejías, envidias, homicidios, borracheras, orgías, y cosas semejantes a estas; *(Gálatas 5:18-21)* que son los frutos que a diario toman las mentes reprobadas, para alimentar el rumbo incierto de sus almas hacia la perdición. Más existe una manera excelente de vencer al mundo, como yo he vencido; tomando los frutos del Espíritu que son: amor, gozo, paz, paciencia, benignidad, bondad, fe, mansedumbre, templanza; contra tales cosas no hay ley, *(Gálatas 5:22-23)* y ninguno puede resistirlas pues lo que es nacido de la luz, avergüenza toda obra fruto de las tinieblas que no puede permanecer para vida eterna.

-Y... entonces, ¿de que sirve el bautismo si no somos salvos por este testimonio, pues nuestra vida sigue igual?

- Tú lo has dicho, el bautismo es un testimonio de mi obra en cada uno de ustedes, ¿o no sabes que todos los que han sido bautizados en mí, han sido bautizados en mi muerte? Porque son sepultados juntamente conmigo para muerte por el bautismo, a fin de que como Yo resucité de los muertos por la gloria del Padre, así también ustedes anden en vida nueva. Porque si fueron plantados juntamente conmigo en la semejanza de mi muerte, así también lo serán en la de mi resurrección; sabiendo esto, que su viejo hombre fue crucificado juntamente conmigo, para que el cuerpo del pecado sea destruido, a fin de que no sirvan más al pecado. *(Romanos 6:3-6)* Aún así, yo comprendo la naturaleza humana, por lo que la salvación no depende de ustedes y las obras que hagan por alcanzarla; sino que es un regalo que mi Padre les ha otorgado, y todo aquel que cree en mi será salvo. Porque el Padre es rico en misericordia, por su gran amor con que les ha amado, que aún estando ustedes muertos en pecados, les dio vida juntamente conmigo (por gracia son ustedes salvos), y juntamente conmigo los resucitó, y así mismo los hizo sentar en lugares celestiales conmigo, para mostrar por todos los siglos las abundantes riquezas de su gracia en su bondad para con ustedes en mí. Porque por la gracia son ustedes salvos por medio de la fe; y esto no de ustedes, pues es un regalo de Dios. *(Efesios 2:4-8)* Más cada uno de ustedes debe mirar como sobreedifica su propia vida, por que Yo soy el fundamento que está puesto; pero, cada uno es responsable de dar frutos en su crecimiento espiritual, si alguno está en mí, nueva criatura es. *(1 Corintios 3:11-16)* Y como nueva criatura debe ser guiado por el Espíritu Santo que les he dado, para que en él mi obra sea completa en cada uno de ustedes y tengan así una vida abundante.

- Mi Señor... ¿Por qué tantos hijos tuyos, hablan palabras maravillosas, pero aún en muchas áreas de su vida y en su propios hogares no se ve este testimonio?

- Hijo, ninguno puede pretender poner sus manos en el arado y volver su vista atrás queriendo agradar a Dios. *(Lucas 9:62)* Esto es, que algunos pretenden seguirme y no experimentar cambios profundos en su interior. Yo le doy mi Espíritu a todo aquel que lo pide, pero aquel que lo tiene debe ser guiado por él. *(Lucas 11:13)* Renovar tu mente de día en día significa también que estás dispuesto a reconocer tus errores y tomar la decisión de cambiar radicalmente, permitiendo que sea yo quien gobierne en el trono de tu corazón.

- ¿Quieres decir Señor, que si alguien pretende vivir la nueva vida sin dejar atrás sus malas actitudes, creyendo que el mundo debe aceptarle tal como es, porque así nació y así morirá, solo conseguirá llevar una carga más pesada que la que llevaba antes de acercarse a ti?

- Así es hijo mío, ya te dije que deben mirar como sobreedifican en sus propias vidas; has escuchado de muchos que yo respeto la personalidad del hombre, y esto es verdad, pero también escuchaste el refrán que dice que en la puerta del horno se quema el pan. Yo soy la puerta y muchos no quieren cruzar el umbral, porque les cuesta dejar su vida pasada. *(Juan 10:9; Lucas 13:24)*

- ¡OH Señor! Entonces ¿como es posible ganar la batalla...y manifestar al mundo el nuevo nacimiento?

- Yo he vencido al mundo, y he aparecido para quitar tus pecados, y en mi no hay pecado. Todo aquel que es nacido de Dios, no practica el pecado, porque la simiente de Dios permanece en él; y no puede pecar, porque es nacido de Dios. En esto se manifiestan los hijos de Dios, y los hijos del diablo: todo aquel que no hace justicia, y que no ama a su hermano, no es de Dios. Porque este es el mensaje que has escuchado desde el principio: que se amen los unos a los otros. *(1 Juan 3:9-11)* Tú puedes vencer amando, porque en el verdadero amor no hay temor. Cuando ames a tu hermano tanto como a ti mismo y no mires ya más la pajilla en su ojo, entenderás cuan valiosos son el uno para el otro; y estarás aprendiendo a mirar con mis ojos. Porque el amor es de Dios y todo aquel que ama es nacido de Dios, y conoce a Dios y aquel a quien él envió. *(1 Juan 4: 7-9)*

- Señor...yo creí que amaba, pero no comprendía y estaba ciego...siempre pregonaba el amor y aún así me juzgaba a mí mismo, juzgando a mi prójimo...de verdad aún no he manifestado al mundo que he nacido de nuevo. Perdóname...

- Cierto es, que todo el que ha creído en mí, y ha entregado su vida a mí, ha nacido de nuevo; pero por su fruto se conoce el buen árbol. No es buen árbol el que da malos frutos, ni árbol malo el que da buen fruto. Porque cada árbol se conoce por su fruto; pues no se cosechan higos de los espinos, ni de las zarzas se vendimian uvas. El hombre bueno, del buen tesoro de su corazón saca lo bueno; y el hombre malo, del mal tesoro de su corazón saca lo malo; porque de la abundancia del corazón es que manifiesta al mundo lo verdadero de si mismo. *(Lucas 6: 43-45)*

Justo no encontraba palabras para continuar, un nudo en su garganta le ahogaba. Sus ojos se llenaron de lágrimas y agachando la cabeza, trató de ocultar su dolor. Jesús pasó su brazo por encima de sus hombros y le dijo:

- Ten ánimo, mi regocijo es con los humildes de corazón. No puedo yo ir a los altivos y sabios de este mundo, pues su altivez es como un gran muro que parece seguro e impenetrable, pero su destrucción está cerca... *(1 Corintios 3:18-20)* En verdad te digo que la maldad no brota del suelo; la desdicha no nace de la tierra, es el hombre que causa la desdicha para si mismo. Si alguno está en mí, nueva criatura es; las cosas viejas pasaron; he aquí todas son hechas nuevas hoy para ti, pues aunque andas en la carne, desde hoy no militas según la carne; porque las armas de esta milicia no son carnales, sino poderosas en Dios para la destrucción de fortalezas, derribando argumentos y toda altivez que se levanta contra el conocimiento de Dios, y llevando cautivo todo pensamiento a la obediencia a Cristo *(2 Corintios 10:3-5)*.

Nacer de nuevo, que frase tan profunda. Tanto tiempo la iglesia hablando del nuevo nacimiento y aún permanecían mordiéndose los unos a los otros. Ciertamente para Justo había sido tortuoso el camino mientras miraba la pajilla en el ojo de su prójimo, sin percatarse de que cada día crecía en el suyo propio, la viga que le segaba sin dejarle ver más allá en el amor de Dios. Amar cobraba un nuevo sentido para él, ya que tenía que ver con manifestar el nuevo nacimiento y la paternidad de Dios para con su vida. Ahora todo estaba claro; debía experimentar un cambio interno, para que su entorno también cambiara.

Jesús miró a Justo con profunda ternura, era como si asintiera sobre la naturaleza de sus pensamientos, que ahora eran más claros. Justo no sabía que más decir, la profunda verdad manifestada a él lo había metido en una honda reevaluación de su ser. Tenía que replantear su estilo de vida, él ya no volvería a ser el mismo. Jesús caminó hacia el centro del parque por una calzada que estaba bordeada de hermosos y frondosos árboles. El tiempo había transcurrido tan rápido, y la noche se hacía presente. Justo se había quedado observando el cause del río, pensativo y cabizbajo; era como si supiera que ya Jesús se marchaba y no debía seguirle. Jesús se volvió y pronunció unas últimas palabras: - Por lo demás, amado mío, todo lo que es verdadero, todo lo honesto, todo lo justo, todo lo puro, todo lo amable, todo lo que es de buen nombre; si hay virtud alguna, si algo digno de alabanza, en esto piensa. Lo que has aprendido y has recibido y has escuchado de mí hazlo y el Dios de paz estará contigo. *(Filipenses 4:8-9)* En esto he perfeccionado mi amor en ustedes, para que tengan confianza en el día del juicio; pues como Yo soy, así sean ustedes en este mundo. *(1 Juan 4:17)* Justo miró a Jesús y esbozó una sonrisa asintiendo con la cabeza; tenía tantas cosas en su corazón. Sentía pena por todos los años que desperdició, viviendo como una veleta llevada por el viento, sin rumbo; en un mar de equivocaciones que le había causado tanta desdicha. Solo pudo ver a Jesús internarse en medio de los árboles del parque, y perdiéndose entre las sombras. Sabía que allí concluía ese maravilloso encuentro; que ahora le tocaba hacer su parte. Vivir y manifestar en este mundo el nuevo nacimiento.

CAPITULO III

Una vida de Olor Fragante

Así que, hermanos, os ruego por las misericordias de Dios, que presentéis vuestros cuerpos en sacrificio vivo, santo, agradable a Dios, que es vuestro culto racional.

Romanos 12:1

Las semanas transcurrieron como un torrente de nuevas experiencias para Justo; era como si un nuevo sol brillara sobre sus días. Al caminar por las calles todo parecía más radiante, verdaderamente sentía que algo había cambiado en su vida. Su corazón palpitaba con una nueva fuerza; sentía como si le hubieran extraído algo de su interior. Experimentaba un gozo nuevo por la vida; le daba la impresión de ver todo con unos ojos renovados. Como cuando alguien que sufre de miopía y va por primera vez al optómetra y le coloca lentes nuevos, todo se veía más claro.

El regreso a la iglesia fue determinante para darse cuenta de que algo estaba cambiando en su interior. Al ver a sus hermanos sintió que volvía a su hogar; abrazarlos era maravilloso. Esto era increíble, cuando los miraba, el gozo hacía estremecer su alma. Nunca antes había experimentado tanta alegría al verlos. Esto fue algo que le permitió pensar en el mucho amor que el Señor tiene por la iglesia; cada uno le pertenece y es su más especial tesoro. Justo meditaba en esto: si él siendo el Dios todopoderoso, santo y sin mancha nos ama así, tal como somos, llenos de defectos y nos acepta para su reino; cómo no amarlos también y aceptarlos con la confianza de que el mismo que empezó la obra en cada uno, será quien la termine.

Ahora Justo tenía otra visión de la iglesia; sentía que una nueva etapa comenzaba para su vida en aquel lugar. Un compromiso de servicio fue, entonces, lo que le motivó a su regreso. Ahora quería volver a hablar de Jesús a otros, y experimentar de nuevo el profundo gozo que produce la conversión de las almas al Señor. Entendía que Dios no solo quiere que prediquemos el evangelio por obediencia a él, sino que quiere que comprendamos la magnitud de esta obra a través del amor hacia la humanidad entera. *(Juan 3:16)*

Aquel año fue trayendo nuevas experiencias para Justo a través de la evangelización y el avivamiento del amor en su corazón. De nuevo sentía que su vida tenía un propósito claro. Estaba experimentando los resultados del nuevo nacimiento, todo a su alrededor era transformado por el amor. Aquello que antes parecía difícil de alcanzar, ahora se rendía ante él.

Su actitud en medio del culto cambió; tomó un gusto especial por escuchar las predicas del pastor de la iglesia, y no solo de él, sino de todos los predicadores invitados. Escuchar a otros es una manera de entender como está afectando la palabra de Dios a sus propias vidas. Esto nos lleva a tener un panorama más amplio de la multiforme obra del Señor en la humanidad; y era esto lo que cada día le hacía sentir que de verdad tenía aún mucho por aprender. Recordaba como unos años antes ya había perdido el gusto por escuchar a otros, creyendo que era suficiente con lo que estudiaba por su propia cuenta. Es increíble, se decía así mismo, cómo el conocimiento puede llevarnos a un estado donde creemos que siempre sabemos más que otros. Además esto no era algo que solo le afectara a Justo; en la misma iglesia a los hermanos les costaba mucho tener que escuchar las enseñanzas de algún hermano que no fuera seminarista o graduado de teología. Era una situación similar a la que se presentaba en los siglos precedentes a los comienzos de la iglesia; cuando a muchos ilustres pensadores les molestaba el hecho de que los siervos, esclavos o los de menos recursos enseñaran en la congregación, ya que por su condición eran considerados casi como animales. De verdad esto le causaba tristeza a Justo, ya que fue el mismo Jesús quien dijo: *"Entre los que nacen de mujer no se ha levantado otro mayor que Juan el Bautista;*

pero el más pequeño en el reino de los cielos, mayor es que él". ^(Mateo 11:11) Cuanta altivez puede haber en un hombre sabio en su propia opinión; muchas veces se tornaba odiosa la actitud de aquellas personas en la congregación, que cada semana en el culto no hacían más que exaltar los títulos de aquellos que pasaron por la universidad. Justo mismo era un profesional egresado de la universidad, pero lo que le molestaba era el hecho de que algunos en la iglesia pensaran que los más aptos para servir en los asuntos del reino de los cielos, eran estos. Situación que hacia pensar a muchos hermanos que no tenían nada que hacer en la iglesia, pues ya había otros que eran los mismos de siempre, llenos de títulos, quienes eran llamados a ejercer un ministerio.

Parece que la capacidad de servir se mide, como en el mundo secular, por los títulos y no por el testimonio de vida; aunque había que pensar en el hecho de que Pablo dijera que no era correcto poner a un neófito, no sea que envaneciéndose caiga en la condenación del diablo. ^(1 Timoteo 3:6) Justo no desconocía la importancia de la preparación ante la responsabilidad de enseñar a otros; pues el que enseña debe ser retenedor de la palabra fiel como ha sido enseñada, para que tambіén pueda exhortar con sana enseñanza y convencer a los que contradicen. ^(Tito 1:9) Esto es realmente importante, ya que todo el que sirve debe estar bien capacitado para hacer la obra. *(2 Timoteo 3:14-17)* Lo que le parecía contradictorio en la iglesia era la actitud de recibir mejor a los profesionales, ya que habiendo tantos hermanos enseñados y capacitados desde mucho tiempo en la palabra y la doctrina, se prefería a aquellos que por ser ilustres doctores en psicología, derecho, ingeniería u otras profesiones, les parecían mejor preparados para enseñar. Esto hizo entrar ala iglesia en un proceso donde la enseñanza de algunos tenía propuestas de corte más humanista que espiritual (bajo las herramientas de su carrera), para la comprensión de los preceptos bíblicos.

Justo sentía que esto no estaba bien. Según la Biblia la forma en que Dios obra en nuestras vidas, nos restaura de una manera legítima, transformándonos por medio de la renovación de nuestro entendimiento, para que comprobemos cual es la buena voluntad de Dios, agradable y perfecta. *(Romanos 12:2)* Obra del Señor quien es el Espíritu que nos liberta y nos transforma de gloria en gloria en su imagen misma. *(2 Corintios 3:17-18)* En esto somos hechos ministros competentes del nuevo pacto, no de letra, sino del espíritu; porque la letra mata, mas el espíritu vivifica *(2 Corintios 3:1-6)* y no por medio de prácticas terapéuticas o motivacionales que nos lleven tan solo a experimentar cambios temporales, para volver a recaer de nuevo. Más que charlas al estilo de las cátedras universitarias sobre motivación, positivismo y superación personal, lo que cada ser humano necesita es un encuentro real con el Dios que puede transformar nuestra desdicha en vida abundante. *(Juan 8:12)*

Esto realmente preocupaba a Justo, ¿qué tanto estaba cambiando la visión del servicio en la iglesia?, esto no sucedía solo en su congregación, también afectaba a hermanos que asistían a otras congregaciones. Había un afán por llenar las congregaciones; siempre se invitaba a los hermanos famosos, aquellos que salían en programas de televisión, a predicar sobre sus experiencias. Entonces comenzaba el show; muchos no paraban de reír o de aplaudir ante el sarcasmo con que se aplicaba la palabra en ciertos eventos. Neófitos que se paraban en el pulpito, como si tuviesen autoridad para enseñar, aún a los más estudiosos teólogos. Ahhh! exclamaba Justo moviendo su cabeza de un lado a otro y diciendo: ¡Señor, autoridad!, por que también son muchos los teólogos que conocen las escrituras, pero carecen de autoridad. Pues por agradar al mundo, muchos se cuidan de no "ofender" a sus fieles, predicando la verdad. Más bien, se dedican a fomentar el error en aquellos que para comodidad ajustan la palabra de Dios a sus vidas, y no sus vidas a la palabra de Dios que puede hacerles salvos. *(Hebreos 4:12-13)*

Algunas semanas transcurrieron y aquellos

hechos no dejaban de inquietar a Justo. El sábado en la madrugada el reloj despertó a las 4:30 a.m., la razón era que Justo iba de campamento con algunos hermanos de su congregación. Estaba muy motivado y el descanso, después de largas semanas de trabajo, era reconfortante. Alquilaron un microbús que los llevaría a las afueras de la ciudad; luego tendrían que caminar cerca de una hora para llegar hasta una cabaña ubicada en una región montañosa. Allí estarían tres días, orando y compartiendo sus experiencias.

El camino de dos horas en el microbús resultó muy agradable; los hermosos paisajes hicieron que poco a poco Justo se sumiera en sus pensamientos, mientras que los otros hermanos departían alegremente. Al llegar al lugar donde empezaba el camino a pie, se percató de que el camino era bastante empinado, siempre hacia arriba. Pensaba que así era el camino de la nueva vida. Uno siempre viene cómodo a pesar de las dificultades, sin comprender que el camino que ofrece el mundo es fácil en apariencia. Luego al tener ese encuentro personal con Jesús, uno se baja de la corriente cómoda del mundo, y al intentar caminar se da cuenta que el camino va siempre hacia arriba. Como una gran montaña que tiene senderos escabrosos y difíciles de superar. Así fue el trayecto de casi una hora hasta la cabaña; un tropezón, una resbalada y algunas raspaduras, hicieron que al final Justo se sintiera orgulloso de haberlo logrado.

Ya instalados y tras un suculento almuerzo, decidieron sentarse debajo de una encina y compartir hasta el atardecer su conocimiento de las escrituras. Este era un tema que le apasionaba a Justo; él podría pasar hablando de las escrituras sin percatarse del tiempo. Llegada la tarde, tras una oración, unieron sus voces en alabanza y adoración a Dios. Entonces el ambiente se llenó de un aroma especial, como de muchas flores; esto hizo de aquel momento algo realmente especial. Era como si toda la creación alrededor se gozara junto con el grupo que alababa.

Los últimos destellos de sol fueron vencidos por la oscuridad que trajo la noche; la luna los bañó con sus tenues y cálidos rayos de luz, tras asomarse con timidez entre las nubes que suavemente eran llevadas por el viento nocturno. Poco a poco las estrellas llenaron el firmamento, haciéndolo un magnifico tapiz de destellos luminosos. Todos se ocuparon en la organización del lugar, las mujeres se ocuparon de la cocina (con la ayuda de algunos de sus esposos), mientras los muchachos acomodaron las colchonetas donde dormirían esas dos noches, pues ellas fueron las privilegiadas que ocuparon todas las camas de los cuartos, y a los hombres les tocaba dormir en el piso de la sala. Avanzada la noche, el sueño fue ganando la batalla a los que querían permanecer despiertos. La caminata hasta la cabaña y las actividades de la tarde, habían logrado rendir al grupo. Ahora todo estaba en silencio, y Justo y sus compañeros se sumieron en un profundo sueño.

Había pasado la media noche cuando Justo empezó a soñar; en el sueño aparecía un monte y en la cima del monte un grupo de hombres. Uno estaba parado en el centro y los otros le rodeaban. De inmediato, el que estaba en el centro, levantó sus brazos y comenzó a elevarse por encima del grupo que le rodeaba. Cuando llegó a cierta altura extendió su brazo y señaló a Justo, quien miraba desde la parte baja del monte, y exclamó a gran voz: ¡Mañana vendrás a mí, a la cima del monte! En ese mismo instante Justo se despertó y de verdad le costó conciliar de nuevo el sueño; no solo por los ronquidos de algunos de sus compañeros, sino porque no dejaba de pensar en las imágenes vistas en aquella visión, si así podía llamarse. Todo había sido tan real y la inquietud hizo presa de Justo.

Al día siguiente todos se levantaron muy temprano; querían aprovechar la mañana para hacer el devocional, compartir y decidir acerca de algunos proyectos de iglesia, y luego en la tarde hacer algunas actividades de recreo. Todos estaban muy animados, incluyendo a Justo, quien a pesar de su inquietud por aquel sueño de la noche anterior, disfrutó de la palabra matutina. Para él siempre era un gozo compartir con aquellos hermanos que había aprendido a amar. Luego, en la tarde, tras terminar las actividades programadas y pasadas dos horas después del almuerzo, decidieron que cada uno hiciera lo que mejor le pareciera, mientras meditaban en la palabra estudiada en la mañana. Para Justo esto fue ideal, pues la mayoría de sus hermanos eran casados y era necesario que también disfrutaran del paseo junto a sus parejas.

Justo se sentía lleno de energías y quiso dar una caminata por los alrededores, a él le fascinaba el campo y su tranquilidad. Poco a poco se fue alejando de la cabaña y sus hermanos, quienes se dispersaron en diferentes direcciones. Justo decidió tomar una trocha angosta que le conducía en medio de dos pequeños montículos. Al llegar a la parte alta pudo divisar aquel hermoso paisaje que conducía a una hondonada cubierta con una magnifica y abundante ficaria. Su sorpresa fue grande, no solo por la belleza del paisaje, sino porque en el mismo lugar donde terminaba la hondonada empezaba a elevarse un monte. La inquietud de Justo se hizo mayor, pues aquel monte era idéntico al que vio en el sueño la noche anterior. Sintió una tremenda atracción por la idea de subir al monte, todo su ser ardía y no pudo contenerse. Una sensación extraña le invadía; quizás era temor de lo que podría encontrar en la cima del monte, o la posible desilusión de que tan solo fuera un esfuerzo infructuoso. Al emprender el camino hacia la cima, Justo titubeó un poco. La empinada ladera de difícil acceso hizo que con dificultad lograse superar el escarpado terreno. Al llegar a la cima pudo mejorar su visión del paisaje, desde allí dominaba todo los alrededores de la cabaña a lo lejos. El viento golpeaba su rostro con fuerza, y sintió un poco de vértigo, pues pensó que podía arrastrarlo. De pronto, algo extraño ocurrió, la quietud se apoderó del ambiente. El viento cesó y los ruidos naturales se detuvieron. El silencio se hizo presente; era como si la creación alrededor se paralizara ante una presencia majestuosa. Presencia que Justo sintió que estaba a sus espaldas. Al volverse, Justo retrocedió tres pasos y casi pierde el equilibrio. Su sorpresa fue mayúscula, pues allí estaba Jesús, quien acercándose posó su diestra sobre Justo y le dijo: - No temas, Yo soy el que te llama. Justo se volvió para mirar hacia la cabaña y Jesús sonriendo le dijo: - Ustedes son la luz del mundo; una ciudad asentada sobre un monte no se puede esconder, así que ellos mismos y tú están en mí y yo en ellos y en ti.

- ¿Pero, por qué entonces no te manifiestas a ellos como a mí hoy en este lugar?

- ¿No me presenté a mis siervos Pablo y Juan después de ser glorificado en los cielos y no a otros, y mis palabras hablan a través de ellos hasta hoy?
(Hechos 9:1-8 y Apocalipsis 1:9-20)

- Sí, mi Señor, pero, ¿que puedo decir yo al mundo, acaso se añadirá a tu verdad una sílaba después de dos mil años?

- En verdad el cielo y la tierra pasarán, pero mis palabras no pasarán. Más aún, hoy muchos son los que se pierden por la falta de entendimiento. *(Proverbios 28:5 y 2 Corintios 4:3-4)*

- Señor, ese precisamente es el problema que afronta la iglesia en nuestros días. ¿Cómo poder llevar luz al mundo, cuando muchos solo viven para exaltar la sabiduría humana?

- Yo, la sabiduría, habito con la inteligencia, y sé hallar los mejores consejos. Honrarme a mí es aborrecer el mal. El orgullo y la altivez, el mal camino y la mentira no me agradan. *(Proverbios 8:12-13)* Porque todo conocimiento envanecido pervierte el fin del evangelio, por eso escrito está, hijo mío: Destruiré la sabiduría de los sabios, y desecharé el entendimiento de los entendidos. ¿en que pararon el sabio, y el maestro, y el que sabe discutir sobre cosas de este mundo? ¡Dios ha convertido en tontería la sabiduría de este mundo! Dios, en su sabiduría, dispuso que los que son del mundo no le conocieran por medio de la sabiduría humana; antes bien, prefirió salvar por medio de su mensaje a los que confían en él, aunque este mensaje parezca de poco interés para los que creen saber algo. Los religiosos y los místicos buscan ver señales milagrosas, y los eruditos de este mundo buscan el conocimiento, que es su sabiduría. Pero los que piensan como ustedes anuncian a Cristo crucificado, para los que me niegan con sus actos ciertamente tropezadero y para los sabios de este mundo fanatismo y locura. Más para los que son llamados a ser mi pueblo, Cristo poder de Dios, y sabiduría de Dios. Pues lo que en Dios puede parecer de escasa importancia, es mucho mas sabio que toda sabiduría humana; y lo que en Dios puede parecer debilidad, es mas fuerte que toda fuerza humana. Ustedes, deben darse cuenta de que Dios, el Padre, los ha llamado a pesar de que pocos de ustedes son sabios según los criterios humanos, y pocos de ustedes son gente con autoridad o pertenecientes a grupos sociales importantes. Y es que, para avergonzar a los sabios, Dios ha escogido a los que el mundo tiene por tontos; y para avergonzar a los fuertes, ha escogido a los que el mundo tiene por débiles. Dios ha escogido a la gente despreciada y sin importancia de este mundo, es decir, a los que no son nada, para anular a los que son algo. Así nadie podrá presumir delante de Dios. Pero mi Padre mismo los ha unido a ustedes conmigo, y ha hecho también que Yo sea su sabiduría y que por medio de mí sean librados de culpa, así que conságrense a Dios y sean salvos. Por esto, como dicen las escrituras: "si alguno quiere enorgullecerse, que se enorgullezca del Señor". *(1 Corintios 1: 18-31)*

- Y... ¿Cómo puede uno agradarte y ser verdaderamente un obrero aprobado por ti?

- ¿Ves las flores del campo? Muchos quieren tenerlas en sus casas, no solo por su belleza, sino porque además exhalan un olor fragante que perfuma todo a su alrededor. Así mismo debe ser la vida de uno que me sigue, que en todo lugar su vida exhale la fragancia de ser un sacrificio vivo, santo, agradable a Dios, que es el culto racional. *(Romanos 12:1)*

- Pero Señor, la verdad es que es muy difícil vivir en una pureza absoluta en este plano terrenal.

- Imposible es que no vengan los tropiezos, pero sabes que a Moisés se le pidió ofrecer incienso en el desierto. *(Éxodo 30:34-38)* Incienso muy especial, que lo hacía único y agradable delante de la presencia de Dios. Así la vida de todo creyente debe ser como este incienso.

- Y... ¿no es este un sacrificio hecho bajo la Ley...? es decir, ¿no sería esto obrar en nuestras fuerzas por conseguir la salvación, cuando somos salvos por gracia?

- ¿Acaso la fe puede invalidar la Ley? En ninguna manera, sino que por ella es confirmada; *(Romanos 3:31)* cierto es, que lo que se hizo en la antigüedad era semblanza de lo que estaba por venir, mas aún hoy estas son más válidas por cuanto ya no es semblanza, sino el cumplimiento de la promesa.

- Mi Señor...esto es muy difícil de entender... ¿como...?

Jesús se volvió y señaló hacia la parte de atrás, a sus espaldas y dijo: - ¡ven y mira! -. Al volverse Justo no pudo ocultar una expresión de gran asombro en su rostro. Parecía como si en un instante hubieran viajado a otro lugar; desde la cima se podía observar una especie de valle, de terreno un tanto árido, y una gran multitud estaba asentada en aquel lugar. No habían construcciones arquitectónicas, como para decir que era una ciudad. Miles de tiendas de pieles y telas de color oscuro cubrían casi todo el valle; y se veían grandes extensiones ocupadas por ganado compuesto por bueyes, vacas, ovejas y cabras que contrastaban con la gran actividad que se observaba en aquel lugar. Niños en gran algarabía por en medio de las tiendas, jugueteaban correteando a un pequeño cordero. Algunas mujeres llevaban cántaros sobre su cabeza, y otras se movían alrededor de las tiendas, como organizando sus pertenencias. Todo el pueblo que alcanzaba a divisar estaba muy ocupado, parecía que cada uno tenía una tarea que hacer y se ocupaba en ella. Algo le llamó la atención, y era que en medio de las tiendas se podía ver una que difería de las otras por su tamaño y construcción, pues estaba cubierta con once cortinas unidas entre si en dos conjuntos, uno de cinco, el otro de seis, que se sostenían unidos mediante lazadas y corchetes que debían ser de cobre por su color. Sobre la tienda iba una cubierta de pieles que no supo distinguir con claridad de que animal provenían, pero debajo de estas había otras que parecían de carnero teñidas de rojo. Estas cortinas se extendían sobre la parte superior, posterior y los dos lados de un armazón, dejando ver su gran belleza. Definitivamente se podía observar en la construcción de esta tienda que tenia un significado muy especial.

Jesús extendió su brazo, y posándolo por encima de los hombros de Justo, le dijo: - Estas son las doce tribus de Israel acampando al rededor del tabernáculo; los más cercanos son Judá al este, Efraín al oeste, Rubén al sur y Dan al norte. ¿Sabes? Este pueblo no podía entrar directamente a la presencia de Dios; sólo a través del sumo sacerdote quien llevaba los nombres de las doce tribus grabadas en dos piedras de ónice, *(Éxodo 28:9-10)* conforme al orden de nacimientos de ellos, y quien ministraba a favor de ellos una vez al año, no sin sangre, la cual ofrecía por si mismo y por los pecados de ignorancia del pueblo; dando el Espíritu Santo a entender con esto que aún no se había manifestado el camino al lugar Santísimo, entre tanto que la primera parte del tabernáculo estuviese en pie. Lo cual es símbolo para el tiempo presente, según el cual se presentan ofrendas y sacrificios que no pueden hacer perfecto, en cuanto a la conciencia, al que práctica ese culto, ya que consiste sólo en comidas y bebidas, de diversas abluciones, y ordenanzas acerca de la carne, impuestas hasta el tiempo de reformar las cosas. *(Hebreos 9:7-10)*

Ahora, todos los que han creído en mi nombre y han aceptado mi sacrificio en expiación de sus pecados, pueden entrar libremente a la presencia de Dios, pues Yo soy el camino que conduce a su magnifica presencia. *(Juan 14:6)*

- ¿Quieres decir Señor, que estar en ti, es estar dentro del tabernáculo dispuesto por Dios?

- Así es, el tabernáculo es símbolo de la morada de Dios en medio del pueblo; *(Éxodo 25:8)* pues cuando Yo, el verbo, encarné para habitar en medio de ustedes, les fue puesto tabernáculo. *(Juan 1:14)* Así que Yo soy la puerta angosta que conduce a la verdadera comunión con Dios; y los que están en mí, ya no están fuera como las doce tribus, esperando que alguno ministre por ellos, sino que, ahora como linaje escogido, real sacerdocio, nación santa y pueblo adquirido por Dios, *(1 Pedro 2:9)* tienen libertad para entrar en el Lugar Santísimo por mi sangre derramada, por el camino nuevo y vivo que abrí a través del velo, esto es, mi carne para que ofrezcan sus vidas como un sacrificio vivo, agradable y perfecto a Dios. *(Hebreos 10:19-20)*

- ¿Y... es esta la razón por la cual muchas de nuestras oraciones no son escuchadas? ¿y además, muchos no consiguen una verdadera comunión con Dios?

- Hijo, es necesario que tengan conciencia de esto y perseveren en la libertad con que Dios les ha hecho libres, pues la sangre que Yo derramé al morir les permite ahora tener amistad con Dios. Por eso mantengan una amistad sincera con el Padre celestial, teniendo la plena seguridad de que pueden confiar en él, porque Yo los dejé limpios de pecado, como si los hubiera lavado con agua pura, y ya están libres de culpa *(Hebreos 10:22)*.

Ahora bien, aún el primer pacto tenía ordenanzas de culto y un santuario terrenal; porque el tabernáculo estaba dispuesto así: en la primera parte, llamada el Lugar Santo, estaban el candelabro, la mesa y los panes de la proposición. Tras el segundo velo estaba la parte del tabernáculo llamada el Lugar Santísimo, el cual tenía un incensario de oro y el arca del pacto cubierta de oro por todas partes, en la que estaba una urna de oro que contenía el maná, la vara de Aarón que reverdeció, y las tablas del pacto; y sobre ella los querubines de gloria que cubrían el propiciatorio, de las cuales cosas no te es permitido ahora ver los detalles. Al lugar santo solo podían entrar los sacerdotes y detrás del velo al Lugar Santísimo, solo el sumo sacerdote podía entrar una vez al año; y sólo este estaba autorizado para ofrecer el incienso. *(Hebreos 9:6-7 y Éxodo 30:1-10)*

Este incienso es símbolo de la oración constante y cada vez que el sacerdote la ofrecía de la manera que a Dios le agrada, su oración subía delante de él. *(Salmos141:1-2)* de esta misma manera sus oraciones ahora siguen siendo como aquel incienso, por lo que no pueden presentar sus vidas ya más sujetas a los malos deseos y pretender orar a Dios para que el se agrade de ustedes, como lo hicieron Nadab y Abiú que ofrecieron incienso que Dios no les mandó y el fuego los consumió. *(Levítico 10:1-2)* De cierto te digo que ahora ustedes son partícipes de esta ministración en los cielos, pero, es necesario que en sus vidas haya los elementos requeridos para propiciar que la oración suba delante de su presencia. *(Apocalipsis 5:8 y 8:3-5)*

- Es decir... ¿Que mi vida misma viene a ser como el altar del incienso?

- Ciertamente a sí es, por lo que en tu vida espiritual los frutos que han de hacer la mezcla perfecta del incienso, que exhala el humo dulce para Dios, como en la antigüedad debe tener estas características:

Primero **la obediencia;** que es como la resina que componía el incienso del altar, era transportada desde Galaad y Transjordania. Fácilmente manejable y moldeable, obedece a la obra de su artesano. Así debe ser tu obediencia a mi evangelio y mis palabras; *(1Samuel 15:22)* para que luchando con armas, no de este mundo, puedas resistir los ataques del engañador, destruyendo fortalezas, derribando argumentos y toda altivez en tu vida que se levante contra el conocimiento de Dios, y llevando cautivo todo pensamiento para que se someta a Cristo. *(2 Corintios 10: 4-5)* Y así puedan ser renovados tus pensamientos de día en día; y puedas dedicar toda tu vida a servirme y a hacer todo lo que a mi me agrada. Porque en verdad te digo que lo correcto es obedecer a Dios antes que a los hombres, por lo cual ustedes no pueden dejar de decir lo que han visto y oído de mí. *(Hechos 4:19-20)* Porque en el mundo son muchos los que no soportan oír la verdad y mandaran a ustedes que no enseñen en mi nombre, porque andan en el libertinaje y la vanidad de sus mentes; más Yo te digo que es necesario obedecer a Dios antes que a los hombres. *(Hechos 5:29)* Mas aprende de mí, que mientras estuve viviendo aquí en el mundo, con voz fuerte y muchas lágrimas oré y supliqué a Dios, quien tiene el poder de librar de la muerte; y por mi obediencia, mi Padre me escuchó. Así que Yo, a pesar de ser Hijo, sufriendo aprendí a obedecer; y al perfeccionarme de esa manera, llegué a ser la fuente de salvación eterna para todos los que me obedecen. *(Hebreos 5: 7-9)* Así pues, por la obediencia a la verdad sus almas son purificadas, mediante el Espíritu; *(1 Pedro 1:22)* para que obedeciendo mueran a las obras infructuosas del mundo, pero así mismo renazcan a una vida abundante e imperecedera.

Segundo, debes tener **sujeción,** que viene a ser como el Bálsamo, aceite fácilmente solidificable que compacta todos los elementos del incienso.

Pues aquel que no está sujeto a mí, nada puede hacer; si permaneces en mí y mis palabras permanecen en ti, puedes pedir todo lo que quieras, y te será hecho. *(Juan 15:4-7)* Porque todo aquel que hace lo que Yo le digo es llamado mi amigo, *(Juan 15:14)* y más que mi amigo es uno conmigo, pues el que se une a mí un solo espíritu es conmigo. *(1 Corintios 6:17)* Por esto, acepta mi yugo y aprende de mí, que soy paciente y de corazón humilde; así encontrarás descanso. Porque el yugo que yo pongo y la carga que doy a llevar son ligeros. *(Mateo 11:29)* Mira que Dios resiste a los soberbios, y da gracia a los humildes. Humíllate, pues, bajo la poderosa mano de Dios, para que él te exalte cuando fuere tiempo, echando toda tu ansiedad sobre él, porque él tiene cuidado de ti. *(1 Pedro 5:5-7)* No seas como aquellos que ignorando la justicia de Dios, y procurando establecer la suya propia, no se han sujetado a la justicia de Dios, pues en su propia sabiduría no han querido conocerme a mí, queriendo sujetar bajo sus pies la ilusoria riqueza de este mundo, y agradándose así mismos someten sus vidas al yugo de la esclavitud del pecado. Por esto sus mentes están reprobadas y no pueden entender que la luz vino al mundo, pero ellos amaron más las tinieblas que la luz, porque sus obras son malas. Porque todos los que hacen lo malo, odian la luz y no se acercan a la luz, para que no se descubra lo que están haciendo. Más el que practica la verdad viene a la luz, para que sea manifiesto que sus obras son hechas en Dios. *(Juan 3: 19-21)* Permanece sujeto a la iglesia, porque este es mi cuerpo y el que quiere permanecer sujeto a mí, ha de sujetarse a la iglesia. Así todos unidos y humildes permanezcan sujetos los unos a los otros y reconociendo a los que trabajan entre ustedes, y les presiden en mí nombre, y les amonestan, que los tengan en mucha estima y amor por causa de su obra. *(1 Tesalonicenses 5:12-13)* Así mismo deben obedecer a sus pastores, y sujetarse a ellos, porque ellos cuidan sin descanso de ustedes, sabiendo que tienen que rendir cuentas a Dios. Procuren hacerles el trabajo agradable y no penoso, pues lo contrario no sería de ningún provecho para ustedes. *(Hebreos 13:17)* Piensa en esto, y permanece sujeto, acercándote a mí, piedra viva, desechada ciertamente por los hombres, mas para Dios escogida y preciosa, tú también, como piedra viva, sé edificado como casa espiritual y sacerdocio santo, para ofrecer sacrificios espirituales aceptables a Dios por medio de mí. *(1 Pedro 2:4-5)* Porque Dios es el que da una mayor gracia. Por esto la escritura dice: Dios resiste a los soberbios y da gracia a los humildes. Sométete, pues a Dios; resiste al diablo, y huirá de ti. *(Santiago 4: 6-7)*

Tercero, **Fe,** que se parece a la uña aromática, la cual se extraía de un molusco difícil de hallar en lo profundo del mar; esto la hacia preciosa además de su grato olor, porque de igual manera, es difícil de hallar fe en este mundo. Así que, como la uña aromática, la fe procede de lo profundo del corazón. Por esta, ustedes tienen paz para con Dios por medio de mí, *(Romanos 5:1)* ya que sin fe es imposible agradar a Dios, porque para acercarse a Dios, ustedes tienen que creer que existe y que recompensa a todos los que le buscan. *(Hebreos 11:6)* Por esto, una oración sin fe, es como un incienso extraño que no exhala un olor agradable ante el trono de Dios, y muchos son los que no reciben nada a cambio. Entonces, si quieres ofrecer un incienso agradable vela y permanece firme en la fe, esfuérzate y sé valiente. Comportándote como es digno del evangelio, unido a la iglesia en un mismo espíritu, combatiendo unánimes por la fe del evangelio. Porque la fe es el escudo con que puedes apagar todos los dardos de fuego del maligno. *(Efesios 6:16)* Sé entonces sobrio, y vela; porque tienes un adversario, el diablo, que como león rugiente, anda alrededor buscando a quien devorar; al cual debes resistir firme en la fe, sabiendo que lo que padeces, otros hermanos tuyos lo van padeciendo de igual manera en todo el mundo. *(1 Pedro 5:8-9)*

Cuarto, que nunca te falte el **amor**, porque este es como el Gálbano, una planta medicinal de origen Sirio, especia de olor fuerte utilizada para sanar las heridas. Así de fuerte debe de ser tu amor, porque el amor cubrirá multitud de faltas. *(1 Pedro 4:8)* Así podrás ser librado y te pondré en alto, por cuanto conoces mi nombre; *(Salmos 91:14)* y tendrás así una perfecta comunión con Dios, porque Dios es amor y el que permanece en amor, permanece en Dios, y Dios en él. *(1 Juan 4:16)* Por esto te digo que el que no procede con amor, no procede de mí; y no puede hablar en mi nombre, porque el amor es la excelente fragancia del que ha rendido su corazón a mí, y ninguno puede decir que me ama y aborrecer a su hermano. Entonces, ámense los unos a los otros como hermanos; dándose preferencia y respetándose mutuamente. *(Romanos 12:10)* Mejora esto en ti y procura no deber nada a nadie, sino el amarse unos a otros; porque el que ama al prójimo, ha cumplido la ley. Porque: No adulterarás, no matarás, no hurtarás, no dirás falso testimonio, no codiciarás, y cualquier otro mandamiento, en esta sentencia se resume: Amarás a tu prójimo como a ti mismo. El amor no hace daño al prójimo; así que el cumplimiento de la ley es el amor. *(Romanos 13:8-10)* Ya te lo he dicho antes y te lo digo ahora, anda en amor, como Yo también les he amado, y me entregué a mi mismo por ustedes, ofrenda y sacrificio a Dios en olor fragante. *(Efesios 4:2)*

Por último te digo, que tu vida misma es el **altar** donde sacrificas esta ofrenda a Dios, agradable y perfecta, por lo que debes andar en santidad. El oro del altar simboliza todo lo santo y debes dar a Dios la gloria debida a su nombre. Adora a Dios en la hermosura de la santidad. *(Salmos 29:2)* La integridad de tu ser, alma, cuerpo y espíritu deben ser la unidad perfecta, a fin de que presentes tu cuerpo en sacrificio vivo, santo, agradable a Dios, que es el culto racional. Porque los que viven conforme a la naturaleza del hombre pecador, sólo se preocupan por lo puramente humano; pero los que viven conforme al Espíritu, se preocupan por las cosas del Espíritu. Y preocuparse por lo puramente humano lleva a la muerte; pero preocuparse por las cosas del Espíritu lleva a la vida y a la paz. Los que se preocupan por lo puramente humano son enemigos de Dios, porque ni quieren ni pueden someterse a su ley. Por eso, los que viven sometidos a los deseos del hombre no pueden agradar a Dios. *(Romanos 8:5-8)* Esto entiende, "tú eres libre de hacer lo que quieras." Es cierto, pero no todo conviene. Sí, tú eres libre de hacer lo que quieras, pero no debes dejar que nada te domine. También se dice: "La comida es para el estómago, y el estómago para la comida." Es cierto, pero Dios va a terminar con las dos cosas. En cambio, no es verdad que el cuerpo sea para la inmoralidad sexual; ni para someterlo a toda clase de duros tratos, como tatuarlo, perforarlo o mutilarlo como hacen los que no me conocen; el cuerpo es para tu Señor, y tu Señor para el cuerpo. Y Dios, el Padre, que me levantó a mí de entre los muertos, también a ustedes los levantará con su poder. ¿Acaso no saben ustedes que sus cuerpos son miembros míos? ¿Quitará, pues, alguien los miembros de mí cuerpo y los hará miembros de una prostituta? De ningún modo. ¿No sabes tú, que el que se une a una prostituta, un solo cuerpo es con ella? Porque en las escrituras dice: Los dos serán una sola carne. Pero el que se une a mí, un solo espíritu es conmigo. Huye de la fornicación y de las pasiones desenfrenadas. Cualquier otro pecado que el hombre comenta, está fuera del cuerpo; más el que fornica, contra su propio cuerpo peca. ¿O ignoras que tu cuerpo es templo del Espíritu Santo, el cual yo he puesto en ti, el cual tienes de Dios y ya no te perteneces para hacer como quieras? Porque fuiste comprado por precio; glorifica a Dios en tu cuerpo y en tu espíritu, los cuales son pertenencia de Dios. *(1 Corintios 6: 12-20)*

Por lo demás, hijo mío, todo lo verdadero, todo lo honesto, todo lo justo, todo lo puro, todo lo amable, todo lo que es de buen nombre; si hay virtud alguna, si algo digno de alabanza, en esto piensa, para que no te enredes con los juicios de este mundo, pues esto es lo que hacen los que rechazan la verdad. Que viendo el camino de la rectitud prefieren seguir sus propios designios, juzgando a los que se esfuerzan por entrar en la senda que conduce a la vida. Así que, levanta las manos caídas y las rodillas paralizadas; y haz sendas derechas para tus pies, para que lo cojo no se salga del camino, sino que sea sanado. Procura seguir la paz con todos, y la santidad, sin la cual nadie verá el reino de los cielos. *(Hebreos 12:12-14)*

- Señor...Ahora entiendo que ofrecer mi vida a ti como un sacrificio vivo, ofrenda de olor fragante, significa, más que un acto religioso, la respuesta de la verdadera comunión contigo...es mostrar en todos los actos de mi vida que realmente estoy unido a ti.

Así es, para Justo se había rasgado un velo más en su vida. Ahora veía con claridad; no era necesario entrar en los sacrificios inútiles que muchos tienen por costumbre para justificar sus faltas. Hipócritas manifestaciones de bondad y entrega en el culto público, que siempre están ausentes en la adoración íntima. Ser un sacrificio vivo cobraba ahora un significado profundo pero sencillo, esto es la vida abundante de Dios, manifiesta en el corazón del hombre.

Jesús caminó hacia el otro extremo y Justo lo siguió con sus ojos, al tiempo que se volvió para dar una última mirada al valle de las tiendas notando con sorpresa que había desaparecido, ahora solo se veían las montañas y la tenue luz crepuscular que dejaba el sol tras su partida, bañando con un poco de claridad los contornos del relieve. Jesús se volvió y miró a Justo que estaba unos pasos detrás de él, y le dijo: - Yo soy el Señor tu Dios, que te enseña provechosamente, que te encamina por el camino que debes seguir. Como ves no son los títulos terrenales los que hacen mas aptos a los hombres para enseñar acerca del reino de los cielos; así que, cuando vallas al mundo para anunciar el testimonio de Dios, no vallas con gran elocuencia, ni palabras rebuscadas o de sabiduría. Mas bien, proponte no saber entre ellos cosa alguna sino a Jesucristo, y a este crucificado. Así ni tu palabra, ni tu predicación serán con palabras persuasivas de humana sabiduría, sino con demostración del Espíritu y de poder. Para que la fe de ellos no esté fundada en la sabiduría de los hombres, sino en el poder de Dios. En cambio, entre ustedes hablen con sabiduría entre los que han alcanzado madurez, pero no con la sabiduría de este mundo ni con la de sus gobernantes, o los ilustres que se creen algo, los cuales terminarán en nada. Más bien, expongan el misterio de la sabiduría de Dios, una sabiduría que ha estado escondida y que Dios había destinado para la gloria de ustedes desde la eternidad. Ninguno de los gobernantes de este mundo la entendió, porque de haberla entendido no me habrían crucificado. Sin embargo como está escrito: "Ningún ojo ha visto, ningún oído ha escuchado, ninguna mente humana ha concebido lo que Dios ha preparado para quienes lo aman." Y ustedes han recibido el Espíritu Santo, aquel que lo escudriña todo, hasta lo más profundo de Dios. El es quien les revela las verdades espirituales, para que expresen las verdades espirituales en términos espirituales.

Porque el espíritu del hombre solo puede hablar de lo que medianamente conoce de sí mismo, porque aún no se conoce bien así mismo y habla con grandeza de lo que cree conocer. Y aquellos que no tienen el Espíritu no aceptan lo que procede del Espíritu de Dios, pues para ellos es locura. No pueden entenderlo, porque hay que discernirlo espiritualmente. En cambio, el que es espiritual lo juzga todo, aunque él mismo no está sujeto al juicio de nadie, porque ¿Quién ha conocido la mente del Señor para que pueda instruirlo?; ustedes, siendo uno conmigo pueden pensar como el Hijo de Dios.
(1 Corintios 2: 1-16)

Justo miró hacia la cabaña pensando en sus hermanos, y quiso dirigir una palabra a Jesús, pero al volverse para hablar ya no estaba junto a él. El viento volvió a golpear contra su rostro y el gran concierto que brindaba la naturaleza a su alrededor volvió a tocar su melodía. Justo empezó su descenso mientras meditaba en todo lo que le había dicho Jesús, y esta vez fue más fácil el camino. Al llegar a los dos pequeños montículos se volvió para echar un último vistazo hacia el monte. Se sentía extraño al salir de un encuentro con el Señor; estar delante de él es algo que uno nunca quisiera dejar, pensaba. Bajó por la trocha y al acercarse a la cabaña se alegró de volver a ver a los hermanos de la iglesia. Estos se volvieron y le miraron; Justo les sonrió, pero ellos permanecieron inmóviles. El no comprendía lo que pasaba; pensó que tal vez algo malo les había ocurrido, o tal vez se les había presentado algún percance entre ellos mismos. Entonces caminó hacia uno de ellos y le preguntó: - ¿Qué ocurre hermano?- . Luis era un hermano de la iglesia muy cercano a Justo, pasaban muchas horas orando y estudiando las escrituras. Habían compartido experiencias muy gratificantes, pero, para Luis esto era algo nuevo, el rostro de Justo resplandecía. Ya era prácticamente de noche y aún en el rostro de Justo se veía como el reflejo de la luz del sol, como cuando es medio día. Una de las hermanas, esposa de Juan, le preguntó: - ¿Dónde has estado...? pasamos parte de la tarde buscándote, y ahora apareces con ese resplandor sobre tu rostro...

Justo no quiso hablar de su experiencia y tan solo les dijo: - subí al monte a hablar con el Señor-, dando a entender que había estado orando. El grupo seguía en silencio y ninguno se atrevió a preguntar más. Luego, para disipar esta situación, Justo propuso hacer una parrillada para aquella noche. Todos estuvieron de acuerdo, y el asunto quedó allí, en apariencia. Durante la noche no dejaron de hablar del asunto, tratando de que Justo no se diera cuenta. Ellos conocían a Justo desde hacia cinco años, tiempo durante el cual Dios lo había usado en sanidades y profecías. Recordaban como se habían cumplido sus palabras durante su ministerio en la iglesia, razón por la cual siempre había hermanos en su casa buscando ministración y dirección. Por otro lado los enfermos acudían a las reuniones en su casa para recibir sanidad. Aún así, para Justo esto no era lo más importante; siempre había manifestado en sus enseñanzas un deseo ferviente de ser transformado en su hombre interior.

Al día siguiente, todos se levantaron temprano y oraron juntos durante el devocional. Luego, se pusieron de acuerdo en los asuntos que tenían pendientes sobre el programa de la iglesia, y todo transcurrió con normalidad. En la tarde se alistaron y emprendieron el viaje de regreso a la ciudad. Al salir de aquel lugar, Justo dio una última mirada hacia la cabaña y más allá hacia los montes que se elevaban en la parte de atrás. Pensaba en todo lo que Jesús le había dicho, y meditaba en todo el tiempo que había pasado preparándose para la obra. Estudiando teología, métodos de enseñanza y evangelización, y toda clase de estudios que le ayudaran a ser mejor en su obra; pero quizás estaba olvidando la clave para que todo eso funcionara conforme a la voluntad de Dios, menguar para que crezca Cristo en el corazón. *(Gálatas 2:19-20)*

CAPITULO IV

La Guerra Espiritual

La noche está avanzada, y se acerca el día. Desechemos, pues, las obras de las tinieblas, y vistámonos las armas de la luz.

Romanos 13: 12

¡Guerra espiritual! ¡Guerra espiritual! ¡Guerra espiritual!; eran las 11:00 p.m. y Justo se encontraba algo cansado. Había encendido la televisión para ver algún programa, y al pasar los canales pudo observar que en las tres señales cristianas los predicadores hablaban de lo mismo, guerra espiritual. Le llamó la atención el ver que aquellos hombres no hacían mas que hablar de Satanás, parecía como si no hubiera nadie más importante que él. Todo su mensaje no hacía más que nombrarlo, dejando al Padre, al Hijo y al Espíritu Santo relegados a un rincón donde poco se notaba su presencia. Parecía que gran parte del mundo cristiano ahora se estaba volcando hacia un extremo que les hacía sentirse poderosos y revestidos de autoridad. En las oraciones siempre estaban reprendiendo al diablo, y esto, resultaba un tanto molesto ya que se dedicaba más tiempo a aquella lucha que parecía interminable, que a dar la gloria debida al nombre de Dios. Justo pensaba en las veces que estuvo sirviendo en iglesias donde la vida del creyente se tornaba en una lucha total, insostenible de vivir en este mundo. Todo era malo, no mirar, no tocar, no comer, no beber; Justo no entendía cómo estos hermanos se iban adentrando en el laberinto del misticismo, que los hacía aparecer ante el mundo como inalcanzables para el resto de los mortales. Lo triste es que la realidad cotidiana hacía sufrir cada vez más a estos hermanos, pues ya comenzaban a vivir bajo el yugo de una doctrina fluctuante, "la guerra espiritual".

Reprender, reprender, reprender; muchos ya no entraban en casas donde había imágenes de vírgenes o santos para no contaminarse y algunos hasta andaban con un frasco de aceite para derramarlo cada vez que estuvieran en un lugar donde hubieran estatuas. ¿A caso se habían olvidado que los ídolos son solo plata y oro?, pues, estos, son obra de manos de hombre, que tienen boca, pero no hablan; tienen ojos, mas no ven; tienen orejas, mas no oyen; tienen nariz, mas no huelen; tienen manos, mas no pueden palpar; tienen pies mas no andan; no pueden hablar con su garganta. Que son semejantes a ellos los que los hacen, y los mismos que confían en los ídolos. *(Salmos 115:4-8 y 135:15-18)*

A justo mismo le había tocado atender algunos casos de hermanos que estaban llegando al extremo de trastornarse por causa de esto. Entraban en estados de gran alteración nerviosa, por lo que Justo les orientaba en consejería y les apoyaba en oración. Justo observaba con dolor como en estas congregaciones algunos no habían comprendido que los ídolos no pueden ejercer ningún poder o influencia sobre la vida del cristiano, que la idolatría no está en ningún lugar externo, y que sólo procede del corazón del hombre; su corazón engañado no puede discernir, para que no libre su alma, ni diga: ¿No es pura mentira lo que tengo en la mano? *(Isaías 44: 9-20)*

Lo cierto es que esta doctrina estaba llevando a algunas congregaciones hacia un extremo peligroso de superstición, donde los nuevos creyentes asustados por ver el espectáculo de la "guerra espiritual" salían presurosos para nunca más volver. Lo peor era que muchos de los creyentes antiguos ya solo buscaban vivir estas experiencias, que no podían faltar en el culto. Cuando algo de esto no ocurría, entonces el culto había resultado regular; y cuando ocurría, decían que allí si se había movido el Espíritu Santo. Algo negativo estaba ocurriendo, pues los creyentes se empezaron a trasladar de iglesia en iglesia buscando experimentar esta "ministración". Por otra parte muchos pastores tomaron la decisión de que a todos los nuevos creyentes había que someterlos a una "liberación"; por lo que se reprendía a demonios en todas las circunstancias sin discernir si de verdad alguno estaba poseído. Ahora los cristianos eran vistos por los no creyentes como fanáticos que en cada reunión hacían gran escándalo tirándose al suelo, reprendiendo al diablo, y hablando en un lenguaje extraño en medio de llantos y gran barullo, que más que invitarlos a la adoración a Dios, les infundía temor. Viendo el éxtasis de algunos, la desenfrenada euforia y los aparentes ataques epilépticos de otros en medio de una carga emocional extrema. Además lo peor es que la iglesia no era consciente de que muchas de estas prácticas estaban siendo adoptadas de las raíces religiosas de todas partes del mundo; plagadas de chamanismo, agüeros, hinduismo y rituales afroamericanos. Sincretismo religioso que silenciosamente ganaba su terreno al centro de la iglesia.

Que doloroso era para Justo el ver que la televisión se usara para difundir estas prácticas, que no llevan al creyente a experimentar cambios profundos en una fe genuina en su salvador, sino que lo adentran en un estado anacorético, apartado de su propia realidad. Ya Justo había escuchado de algunos que no volvieron a enviar a sus hijos al colegio, por temor de que se contaminaran sus mentes. Justo se preguntaba

¿cómo irían a enfrentar los rigurosos cambios de los tiempos futuros aquellos niños; si en vez de enseñarlos a enfrentar la vida bajo los fundamentos de Dios, se les aparta del mundo real? Cuando Jesús mismo, en su oración al Padre, dijo: *"Yo les he dado tu palabra; y el mundo los aborreció, porque no son del mundo, como tampoco yo soy del mundo. No ruego que los quites del mundo, sino que los guardes del mal. No son del mundo, como tampoco yo soy del mundo. Santifícalos en tu verdad; tu palabra es verdad. Como tú me enviaste al mundo, así yo los he enviado al mundo".* *(Juan 17:14-18)* Dios nos ha hecho un llamado; al aceptarlo ya no pertenecemos al orden de las cosas naturales de este mundo, sino al orden del reino de los cielos. Tenemos la ciudadanía celestial; *(Filipenses 3:20)* pero, aún así, no podemos pretender vivir aislados del mundo porque nuestro testimonio y nuestra obra debemos realizarla aquí, en medio del mundo que se pierde. Jesús hace énfasis en que ya no pertenecemos a este mundo, como él tampoco pertenece a este mundo, y lo que nos guarda y nos santifica no es vivir aislados como monjes, lejos de la realidad, sino la palabra de Dios que nos da la vida. *(Juan 5:39)* La palabra nos capacita para triunfar en medio de un mundo decadente, donde cada vez se pierden más los valores morales y espirituales. Y es por medio de la palabra como podemos testificar al mundo acerca de la gracia de Dios, pues Jesús dijo: *"Como tú me enviaste al mundo, así yo los he enviado al mundo"*; lo que significa que nuestro deber es estar en medio del mundo, testificando del amor y la obra de Dios. Jesús mismo nos envía a anunciar la verdad. *(Mateo 28: 18-20)*

¿Qué estaba ocurriendo con alguna parte de la iglesia? La aparición de nuevas congregaciones cada día estaba desembocando en la proliferación de diversas doctrinas de error. Esto no era nuevo pues desde los comienzos de la iglesia se han tratado de introducir las enseñanzas erradas. *(Hebreos 13:9; 2 Timoteo 4:3; 2 Pedro 2:1)*

Por otro lado, Justo, pensaba que tal vez una mala interpretación del sentido de la autoridad que trae el Espíritu Santo a la vida del creyente, podría ser la razón de que algunos tomaran una actitud diferente. Aquellos hombres y mujeres desvalidos, que siempre fueron rechazados y menospreciados por aquellos que en el mundo se creen algo, ahora tenían la oportunidad de mostrar al mundo lo que son en Cristo Jesús. El poder derramado de Dios sobre la iglesia, tal vez, hace pensar a algunos que tienen la autoridad y potestad de cambiar al mundo por la fuerza. No con lazos de amor sino con la violencia que trae, en si mismo, el juicio, que solo pertenece a Dios, porque cuando Pablo habla de que el espiritual todo lo juzga y él mismo no es juzgado de nadie *(1 Corintios 2:15)*, no habla de otra cosa que de la sabiduría que Dios mismo nos da para discernir entre el bien y el mal, y no para juzgar a los hombres. *(Santiago 4:11-12)* Para Justo era triste el ver a hermanos que se subían a orar desde el púlpito, y su oración era todo un juicio detallado a lo que algunos hermanos hacían por error, o incluso echando a la perdición a aquellos que aún no habían alcanzado la gracia. Justo pensaba en las palabras del Señor cuando dijo: *"Porque el Padre a nadie juzga, sino que todo el juicio dio al hijo"*; *(Juan 5:22)* y otra vez dice: *"Vosotros juzgáis según la carne; yo no juzgo a nadie". (Juan 8:15)* Además dijo estas palabras que demuestran la naturaleza de su amor divino: *"Yo, la luz, he venido al mundo, para que todo aquel que cree en mí no permanezca en tinieblas. Al que oye mis palabras, y no las guarda, yo no le juzgo; porque no he venido a juzgar al mundo, sino a salvar al mundo. El que me rechaza, y no recibe mis palabras, tiene quien le juzgue; la palabra que he hablado, ella le juzgará en el día postrero".* *(Juan 12:46-48)* No tenemos que preocuparnos por el juicio, este se hará manifiesto en el día postrero, cuando Dios mismo, sentado en su gran trono blanco, juzgará a cada uno según sus obras. *(Apocalipsis 20:11-12)*

La verdad es que el asunto de la autoridad se estaba tomando de una forma equívoca, pues muchos se maravillaban de poder echar fuera demonios, orar por los enfermos, profetizar y "ministrar en el Espíritu", cuando el testimonio de sus propias vidas no era el ejemplo que Jesús nos pide, por el contrario toda su búsqueda se centraba en experimentar la experiencia del culto donde todos se caen al suelo, otros hablan en lenguas, otros son sanados, otros profetizan; pero, poco en la transformación del ser interior. No que todas estas cosas carezcan de importancia para edificación de la iglesia, sino que, un toque del Espíritu Santo debe cambiar nuestras vidas. Esto es que aquello que experimentamos en la presencia del Señor, nos lleve a una legítima adoración en Espíritu y en verdad para que siendo portadores del maravilloso donde Dios, seamos transformados de día en día hasta alcanzar la medida de la estatura de Cristo. *(Efesios 4: 1-32)*

Aquella noche el sueño se le fue a Justo, su corazón ardía pensando en cual sería el rumbo de la iglesia. Apagó el televisor y después de orar, decidió ir a tratar de conciliar el sueño en su cama. Por más que quiso dormir no pudo; algo le impulsaba definitivamente a levantarse. Sin pensarlo más se levantó y salió a la terraza; pensó que quizás el calor que se encerraba en las noches en su cuarto era la razón de su desvelo. La noche se veía tranquila, y en las casas de su vecindario ya todos habían apagado las luces. Seguramente ya era muy tarde; el vigilante del barrio pasó en su bicicleta y sonó el silbato anunciando su presencia por la calle. Justo paseó su mirada por todo el vecindario; desde la terraza, que quedaba en el tercer piso, se podía divisar todo. Alzó su mirada al cielo y se maravilló con la imponencia de la luna llena. Era una noche propicia para orar, pensó, y así lo hizo. Pasados cerca de veinte minutos desde que había empezado a orar, sin motivo aparente, comenzó a sentirse inquieto. Justo estaba apoyando sus manos sobre la baranda y con la cabeza inclinada. Abrió los ojos para mirar a su alrededor, y sobresaltándose observó que una oscuridad abismal le rodeaba. Pensó en ese instante que la causa era un apagón, pero al levantar sus ojos al cielo tampoco vio la luna y su resplandor. Justo empezó a orar con más fervor, pues se dio cuenta que aquello no era una situación normal. Volvió su mirada a todos lados y no vio absolutamente nada. Era como si de repente ya no estuviera en el mundo, sino en un lugar extraño, donde ni siquiera el suelo se podía ver. Un instante después escuchó como el aleteo de las aves sobre su cabeza; y oyó un cántico que decía: "Santo, santo, santo es el Señor Dios todo poderoso, el que era, el que es, y el que ha de venir". Y el lugar se estremeció como cuando ocurre un terremoto; y alzó sus ojos para ver qué era lo que aleteaba en las alturas, y vio cuatro seres con apariencia como de niños que no alcanzaban a tener un año de edad. Estos seres tenían seis alas; con dos volaban, con dos se cubrían el rostro (dejándolo entre ver de cuando en cuando), y con las otras dos se cubrían el cuerpo, que resplandecía y era dorado como el oro más fino. Justo se maravilló, pues en medio de la oscuridad resaltaban de una forma admirable; y el resplandor de sus doradas alas les hacía ver como a las luciérnagas en las noches en el campo. En seguida se escucharon ruidos, truenos y relámpagos como cuando hace una gran tempestad. Y una voz se dejó escuchar de en medio de la oscuridad. Era como miles de voces condensadas en una sola; como si multitudes hablaran al unísono. Parecía como la corriente de muchas aguas que causaba temor y reverencia. Justo estaba asustado de verdad, pero la voz le dijo: Yo soy el alfa y la omega, el principio y el fin, el que vive por los siglos de los siglos. El que tiene misericordia del que quiere y he tenido misericordia de ti.

El corazón de Justo estaba por estallar, parecía como si fuera a salirse de su pecho.

- ¡No temas!, le habló la voz desde la oscuridad, por que me place hacer una obra nueva en ti, y Yo soy el que transforma el corazón. El buen alfarero con sus manos hace las vasijas, y las desmenuza cuando quiere obtener barro nuevo, para hacer de ellas instrumentos de mejor uso.

Justo sentía como que su espíritu estaba a punto de abandonar su cuerpo, sus piernas apenas le sostenían, y sus labios tan solo pudieron balbucear algunas palabras:

- Señor...¿qué soy yo..? no soy más que un hombre

insignificante...y solo estoy lleno de defectos...

- Ten ánimo y recobra el aliento, Yo soy el que justifica y ninguna condenación hay para los que andan conforme a mi Espíritu. *(Romanos 8:1-2)* Por que de lo vil y menospreciado del mundo he recogido, para deshacer lo que es según la sabiduría del mundo, y para dar a conocer mi multiforme sabiduría por medio de la iglesia a los principados y potestades en los lugares celestiales.

- ¿Cómo es esto Señor? ¿cómo tener autoridad para hablar al mundo, si los entendidos y eruditos de este mundo no lo aceptan? Hay tantas posiciones y pensamientos que cada uno dice tener la verdad; y hacen acepción de los que no viven bajo el rigor de sus enseñanzas.

- Atiende lo que te enseño hoy; por que cierto es que las bodas están preparadas, y muchos son los convidados, pero pocos los escogidos. *(Mateo 22: 1-14)*

En aquel instante, bajo los pies de Justo, aparecieron unas imágenes. Justo sintió un poco de vértigo, pues le dio la impresión de estar flotando sobre algún lugar que le resultaba familiar. Aquel lugar estaba solo, había un gran púlpito y muchas sillas; pero nadie estaba dentro. La puerta estaba cerrada y no había quien abriera; Justo sintió gran tristeza y lloró, pues ese lugar era el templo de la congregación.

- Señor... ¿Por qué esta vacío el lugar de reunión?

- ¡Mira al otro lado de la puerta!

Justo se volvió y al mirar reconoció a dos personas junto a la puerta; altivos y erguidos, parecían inconmovibles. Eran una pareja de pastores conocidos por Justo; en un momento estaban de pié, y al siguiente su semblante decayó dejando ver en sus rostros la desolación.

- Mi Dios todopoderoso, no entiendo esta visión, ¿por qué no entran ellos al lugar de la congregación y abren las puertas para que tu pueblo te alabe?

- Hijo, estos simbolizan a aquellos que tienen la responsabilidad de guiar y cuidar el rebaño; pero muchos de ellos imponen pesadas cargas al pueblo, cargas que ni siquiera ellos pueden sobrellevar. Y se paran en la puerta, y ni entran, ni dejan entrar a los que están entrando. Pues ellos mismos luchan con multitud de palabras, pero en su corazón aún no han decidido experimentar un cambio genuino.

- Señor, yo he visto que la iglesia lucha y reprende al diablo para no caer en tentación, ¿a caso no están luchando la guerra espiritual?

- Hijo, Yo soy el Espíritu, y el que da la autoridad; y los que me adoran es necesario que me adoren en espíritu y verdad. *(Juan 4:24)* Cierto es, que ustedes no tienen lucha contra carne ni sangre, pero esta no es una guerra que se libra solo con palabras, sino con integridad de corazón.

- ¡OH! altísimo Señor mío, yo se de muchos que se levantan cada mañana y entablan una batalla contra el enemigo, reprendiendo al diablo; pero durante el día viene la prueba y son llevados por sus emociones, arrastrados por la ira y la contienda, o llevados por la concupiscencia caen cautivos a vivir bajo el yugo del pecado. Y al día siguiente vuelven a lo mismo y esto es un círculo de nunca acabar.

- Así es amado, todo reino dividido contra sí mismo, es asolado; y una casa dividida contra si misma cae. *(Lucas 11:17)* La dualidad del corazón es peligrosa, porque un hombre puede creer que está fuertemente armado guardando su palacio, y tiene en paz todo lo que posee, pero viene después otro más fuerte que él y le vence, le quita todas sus armas en que confiaba, y reparte el botín. *(Lucas 11: 21-22)*

Justo recordó en aquel instante cómo su propia casa había sido derribada, él creía que estaba fuertemente armado contra los ataques del enemigo, pero un buen día se dio cuenta de que este ya había entrado en su casa para tomar todo lo que poseía y destruirlo.

No había bastado con orar y reprender cada mañana y cada noche; fue en los pequeños detalles de su vida que el desolador empezó a obrar hasta que hubo debilitado cada cimiento de la relación con su esposa.

- Señor...yo mismo experimenté este dolor ¿Cómo

puede la iglesia evitar caer en el mismo error?

- Por no ceñirse las armas espirituales que yo les doy, armas de luz con las que pueden vencer. En el mundo tendrán siempre aflicciones; pero deben confiar, yo he vencido al mundo. Y esto de que vencí significa que el príncipe de este mundo ya fue derrotado; porque el juicio del mundo comenzó cuando fui alzado de la tierra, por lo que todo fue atraído hacia mi y él ya no tiene parte con lo que me pertenece. *(Juan 12:31-32)* Pues él, expulsado es de la vida de todo aquel que cree en mi nombre, porque con mi muerte en la cruz, Yo anulé el acta de muerte que pesaba sobre ustedes, y ya no tiene más potestad para destruir sus vidas. *(Colosenses 2:13-15)* Así que todo el que es renacido de Dios, ya no puede ser tocado por el maligno *(1 Juan 5:18)*

- Pero... ¿por qué muchos siguen cayendo, a pesar de leer y estudiar mucho tu palabra y apartarse de todo lo que les rodea para no contaminarse?

- Yo les he dado mi palabra para que en ella encuentren la vida verdadera, y los he enviado en medio mundo, donde hay lobos feroces, para que testifiquen de esta vida; nadie pone en oculto la luz encendida, ni debajo de un cajón, sino que la coloca en el lugar más alto, para que los que entran tengan luz para ver. La lámpara del cuerpo es el ojo; cuando tu ojo es bueno, también todo tu cuerpo está lleno de luz; pero cuando tu ojo es maligno, también tu cuerpo está en tinieblas. Mira pues, no suceda que la luz que hay en ti, sea tinieblas. Así que, si todo tu cuerpo está lleno de luz, no teniendo parte alguna de tinieblas, será todo luminoso, como cuando una lámpara te alumbra con su resplandor. *(Lucas 11:33-36)* Y ser llenos de luz es también ser llenos de mi palabra, y mi palabra los guarda de la contaminación del mundo, si en verdad se alimentan de ella, porque ella es la lámpara puesta a su alcance para ser edificados y lumbrera que les hace ver con claridad el camino por donde andan; *(Salmos 119:105)* nada que provenga de afuera puede contaminar al hombre, porque del corazón del hombre es de donde salen los malos pensamientos, los adulterios, las fornicaciones, los homicidios, los hurtos, las avaricias, las maldades, el engaño, la lascivia, la envidia, la maledicencia, la soberbia, la insensatez. Todas estas maldades de dentro salen y contaminan al hombre. *(Marcos 7:20-23)* Por esto te digo que la maldad no brota del suelo; la desdicha no nace de la tierra, es el hombre el que causa la desdicha para si mismo. Por que la contaminación llega por causa de los malos deseos de su corazón. *(Santiago 1:13-15)* Es así como muchos se entregan a si mismos en las manos del enemigo, y siendo libres viven sus vidas como si fueran esclavos. Pero Yo he aparecido para dar buenas nuevas a los pobres; para sanar a los quebrantados de corazón; a pregonar la libertad a los cautivos, y vista a los ciegos; a poner en libertad a los oprimidos; a mostrarles el año agradable del Señor. *(Lucas 4: 18-19)* Y aún así muchos no lo han comprendido.

- Señor... ¿Cómo puedo yo resistir al diablo para que se aparte de mi?

- Esto, pues digo y requiero de ti: que ya no andes como los que no conocen mi nombre, que andan en la vanidad de su mente, teniendo el entendimiento entenebrecido, ajenos de la vida de Dios por la ignorancia que en ellos hay, por la dureza de su corazón; los cuales después que perdieron toda sensibilidad, se entregaron a la lascivia para cometer con avidez toda clase de impureza. Más tú no has aprendido así de mí, si en verdad me has escuchado, y has sido por mí enseñado, conforme a la verdad que está en mí. En cuanto a la pasada manera de vivir, despójate del viejo hombre, que está viciado conforme a los deseos engañosos, y renuévate en el espíritu de tu mente, y vístete del nuevo hombre, creado según Dios en la justicia y santidad de la verdad. Por lo cual, desechando la mentira, habla verdad con tu prójimo; porque son miembros los unos de los otros. Si te enojas, no peques; no se ponga el sol sobre tu enojo, ni des lugar al diablo. Ya no obrando deshonestamente, sino que trabaja haciendo lo bueno, para que tengas qué compartir con el que padece necesidad. Ninguna palabra corrompida salga de tu boca, sino la que sea buena para la sana edificación, a fin de dar gracia a los oyentes. Y no contristes al Espíritu

Santo de Dios, con el cual fuiste sellado para el día de la redención. Quita de ti toda amargura, enojo, ira, gritería y maledicencia, y toda malicia. Antes se bueno con tu prójimo, misericordioso y perdonador, como el Padre también te perdonó a través de mi. *(Efesios 4:17-32)*

- Pero... ¿sabes Señor...? es tan difícil, cada mañana me hago el propósito de ceñirme toda la armadura de Dios, y muchos hermanos también tienen por costumbre orar en este sentido; pero veo siempre las contiendas y los pleitos, las habladurías y los chismes, que dividen a la iglesia. ¿Cómo podemos evitar mordernos los unos a los otros, y dar testimonio de tu poder en nuestras vidas, si la armadura es débil?

- Ya te lo dije, y una vez más telo digo; Yo comprendo la naturaleza humana y lo que les cuesta caminar la senda de la vida, mas no me han elegido ustedes a mí, sino que yo los elegí a ustedes, y los he puesto para que vayan y lleven mucho fruto, y su fruto permanezca; para que todo lo que pidan al Padre en mi nombre, él se los dé. *(Juan 15: 16)* Y den fruto unidos a mí, porque separados de mí nada pueden ustedes hacer. Más yo por mi palabra los he limpiado y el engañador los quiere atrapar en sus garras para arrastrarlos por el camino del error hacia el abismo del dolor. No es débil mi armadura, porque ésta no se ciñe solo con palabras cada mañana, pues ésta es la vida misma manifiesta en cada detalle de su devoción a Dios. Y ustedes solo pueden fortalecerse en mí y en el poder de mi fuerza; vistiendo toda la armadura de Dios, para que puedan estar firmes contra la asechanzas del diablo. Porque cierto es, que no tienen lucha contra sangre y carne, sino contra principados, contra potestades, contra los gobernadores de las tinieblas de este siglo, contra huestes espirituales de maldad en las regiones celestes. Por lo que deben tomar toda la armadura de Dios, para que puedan resistir en el día malo, y habiendo acabado todo, estar firmes. *(Efesios 6:10-13)*

Permanece, pues, firme, ciñendo en tu cintura la verdad, por que esta es la que te hace caminar en libertad; *(Juan 8:32)* y además, en la obediencia a ella tu alma es purificada. *(1 Pedro 1:22)* Más esto de ceñirla en tu cintura significa que debes ser un hacedor de la palabra, y no tan solo un oidor olvidadizo, engañándote a ti mismo. Porque si alguno es oidor de la palabra pero no la pone en práctica, éste es como un hombre que mira en un espejo su rostro natural. Porque él se ve a si mismo reflejado allí, pero después se olvida de lo que vio y obra bajo su propio criterio sin recordar como se vio así mismo. *(Santiago 1:22-24)* Los de doble ánimo no hablan verdad, sino que se engañan así mismos, porque conociendo la verdad, aún esta no ha sido escrita en las tablas de su corazón; y no pueden vencer la tentación, porque hablan de lo que no conocen, porque ¿cómo van a conocer la eficacia de la verdad si no la ponen en practica? Piensa en esto, que la dualidad no conviene al hombre, pues no hay nada encubierto que no haya de ser manifestado; ni nada oculto que no haya de saberse. *(Mateo 10:26)* Mira que hay muchos que hacen lo malo, y no se acercan a la luz para que sus obras sean reprendidas. Mas el que practica la verdad viene a la luz, para que sea manifiesto que sus obras son hechas en Dios. *(Juan 3:20-21)* Recuerda que todo el que habla verdad declara justicia; mas el testigo mentiroso engaño. Y el que en ella anda estará seguro bajo mi presencia; porque escudo y adarga es mi verdad. *(Proverbios 12:17; Salmos 91:4)* Así que, el que se ciñe de verdad, mis palabras oye, porque los que son del mundo, las palabras del mundo oyen. Ellos son del mundo; por eso hablan las cosas del mundo, y los que son del mundo los escuchan. En cambio, ustedes están en mí. Los que son de Dios los escuchan, pero el que no esta conmigo no les escucha. En esto, pues, pueden reconocer quien tiene el espíritu de la verdad y quien tiene el espíritu del engaño. *(1 Juan 4:5-6)* La mentira y el engaño solo son vencidos por la verdad, y son alejados de tu vida si es que permaneces ceñido de ella. Así que si alguno está en mí, la verdad permanece en él porque Yo soy la verdad. *(Juan 14:6)*

Vístete también con la coraza de justicia, por que Yo soy justo, y amo la justicia; el hombre recto mirará mi rostro. *(Salmos 11:7)* Ama, pues, la justicia, porque Yo soy tú pastor y nada te faltará. Pues son verdaderamente felices los que tienen hambre y sed de justicia, porque serán saciados. *(Mateo 5:6)* Y esto de que serán saciados será la respuesta de Dios para todo aquel que hace lo bueno, no juzgando ni sentandose en silla de escarnecedores. Piensa entonces que si juzgas, con la misma medida que lo haces serás juzgado; pero, si eres justo y clamas al Dios de los cielos aún por tus enemigos, verás la misericordia de un Padre amoroso todos los días de tu vida. *(Lucas 6:37-38)* En lugares de delicados pastos te haré descansar; junto a aguas de reposo te pastorearé. Confortaré tu alma; te guiaré por sendas de justicia por amor de mi nombre. Aunque andes en valles de sombra de muerte, no temerás mal alguno, porque Yo estaré contigo; mi vara y mi cayado te infundirán aliento. Porque todo el que siembra justicia de Dios cosecha justicia. *(Santiago 3:17-18)* Entiende que el impío hace obra falsa; mas el que siembra justicia tendrá galardón firme. *(Salmos 23: 1-4; proverbios 11:18)* Pues muchos son los que prestan sus miembros al pecado cuando sus oídos se inclinan para escuchar las habladurías y las disensiones que dividen mi iglesia, o cuando sus ojos se abren en deleite para ver la pajilla en el ojo ajeno y no poder ver la viga en el propio, o cuando tu lengua no se mueve para bendecir y edificar, sino para criticar y hablar de todo lo malo de tus hermanos, o cuando tus pies corren presurosos a quitar el derecho de tu hermano, o cuando tus manos se enredan en las usuras y ganancias deshonestas de este mundo. Así, pues, no presentes tampoco tus miembros al pecado como instrumentos de iniquidad, sino preséntate ante Dios como vivo de entre los muertos, y tus miembros a Dios como instrumentos de justicia. Porque el pecado no se enseñoreará de ti; pues no estás bajo la ley, sino bajo la gracia. *(Romanos 6: 13-14)* No te unas en yugo desigual con los incrédulos; porque ¿qué compañerismo tiene la justicia con la injusticia? ¿Y que comunión la luz con las tinieblas? ¿Y qué concordia Cristo con Belial? ¿O qué parte el creyente con el incrédulo? ¿Y qué acuerdo hay entre el templo de Dios y los ídolos? Porque ustedes son el templo del Dios viviente, como he dicho: Habitaré y andaré entre ellos, y seré su Dios, y ellos serán mi pueblo. Por lo tanto no hagas lo mismo que ellos, y apártate de obrar con la maldad con que ellos obran, y no toques lo inmundo; y yo te recibiré y seré tu Padre y tú serás mi hijo. *(2 Corintios 6: 14-18)* Aborrece todo lo deshonesto y permanecerás en mí; porque el que camina en justicia y habla lo recto; el que aborrece la ganancia de violencias, el que sacude sus manos para no recibir cohecho, el que tapa sus oídos para no oír propuestas sanguinarias; el que cierra sus ojos para no ver cosa mala; este habitará en las alturas; fortaleza de rocas será su lugar de refugio; se le dará su pan y sus aguas serán seguras. *(Isaías 33:15-16)* Ten en cuenta esto hijo, permanece en mí, para que cuando me manifieste, tengas confianza, para que en mi venida no tengas que alejarte de mí avergonzado. Si sabes que Yo soy justo, sabes que todo el que hace justicia es nacido de mí. *(1 Juan 2:28-29)*

También calza tus pies con el apresto del evangelio de la paz, porque Yo he enviado sobre ti el Espíritu Santo, el cual procede del Padre, él es quien da testimonio de mí. Y por medio de él tú también das testimonio a cerca del evangelio de la gracia. *(Juan 15:26-27)* En esto te animo para que camines en paz por el mundo; por tanto no te avergüences de dar testimonio de mí, sino que participando de las aflicciones por el evangelio según mi poder, puedas vencer los ataques del engañador. Porque tu gloria es esta: el testimonio de tu conciencia, que con sencillez y sinceridad de Dios, te conduzcas en el mundo, y mucho más para con los de la iglesia. *(2 Corintios 1:12)* Y así no seas juzgado por la malicia de aquellos que buscan en ti el tropiezo, para que tu obra como evangelista venga a ser nula según la dureza de sus corazones. Antes bien, Bendice a los que te persiguen; bendice y no maldigas. Gózate con los que se gozan; llora con los que lloran. Fomenta la unidad en la iglesia; no altivo, sino reuniéndote con los humildes. No seas sabio en tu propia opinión. No pagues a nadie mal por mal; procura hacer lo bueno delante de la humanidad.

Si es posible, en cuanto de penda de ti, que estés en paz con todos. No obres tu propia justicia, sino deja que mi justicia se haga manifiesta al mundo; porque escrito está: Mía es la venganza, yo pagaré, dice el Señor. Así que si te enteras que tu enemigo tiene hambre, dale de comer; si tiene sed, dale de beber; pues haciendo esto, una lluvia de fuego harás venir sobre su cabeza. Por esto no seas vencido de lo malo, sino vence con el bien el mal. *(Romanos 12:14-21)* Porque estas cosas son las que acompañan el evangelio, y por ellas tu palabra será poderosa y llena de autoridad para hacer que el acusador, el cual fue vencido por mi sangre derramada, también huya de ti por causa del mensaje que proclamas, no temiendo el perder la vida, sino demostrando que estás dispuesto a morir por el evangelio de las buenas nuevas de Dios. *(Apocalipsis 12:10-11)* Así, siendo sobrio en todo, soportando las aflicciones, harás obra de evangelista, cumpliendo tu ministerio. Pues hermosos son los pies, de los que calzan el apresto del evangelio, aquellos que traen buenas nuevas, que traen nuevas del bien, que publican salvación, que dicen a Sion: ¡Tu Dios reina! *(Isaías 52:7)*

Sobre todo, toma el escudo de la fe, con que puedes apagar todos los dardos de fuego del maligno. Porque de cierto te tigo, que si tienes fe, y no dudas, podrás hacer grandes proezas. Y todo lo que pidas en oración, creyendo, lo recibirás. *(Mateo 21:21-22)*

Porque ninguna condenación hay para los que están en mí, los que no andan conforme a la carne, sino conforme al Espíritu. Así pues, libres ya de culpa gracias a la fe, tienen paz con Dios por medio de mí. Pues por mi obra redentora gozan del favor de Dios por medio de la fe, y están firmes, y se alegran con la esperanza de tener parte en la gloria de Dios. Y no solo esto, sino que también se alegran en el sufrimiento; porque saben que el sufrimiento les da firmeza para soportar, y esta firmeza les permite salir aprobados, y el salir aprobados les llena de esperanza. Y esta esperanza no les defrauda, porque Dios ha llenado con su amor sus corazones por medio del Espíritu Santo que les ha dado. *(Romanos 5:1-5)* Más te digo, que no tengas más alto concepto de ti que el que debes tener, sino que pienses de ti con cordura conforme a la medida de fe que te ha sido dada por Dios. *(Romanos 12:3)* Para que todo lo que sea manifiesto por medio de los dones que se te han otorgado, venga a ser para la honra y gloria del Padre que está en los cielos. Porque hoy también hay algunos que enseñan otra cosa, y no se conforman a mi palabra, y a la doctrina que es conforme a la piedad, son orgullosos, que no saben nada. Discutir sobre cuestiones de palabras es en ellos como una enfermedad; y de ahí vienen envidias, discordias, insultos, desconfianzas, y peleas sin fin entre gente que tiene la mente pervertida y no conoce la verdad, y que toma la piedad como una fuente de riqueza. Y claro está que la piedad es una fuente de gran riqueza, pero solo para el que se contenta con lo que tiene. Porque nada trajiste a este mundo, y nada te podrás llevar; Así que dependiendo de la buena voluntad de Dios, puedes estar verdaderamente feliz. Porque los que quieren enriquecerse no resisten la prueba, y caen en la trampa de muchos deseos engañosos y perjudiciales, que hunden a los hombres en la ruina y la condenación. Porque el amor al dinero es raíz de toda clase de males; y hay quienes, por codicia, se han desviado de la fe y han llenado de sufrimiento sus propias vidas. *(1 Timoteo 6: 3-10)*

Así que piensa en la gran nube de testigos que por todos los siglos han alcanzado la justicia que es por fe, resistiendo los ataques del engañador. Por tanto, tú también teniendo en derredor tuyo tan grande nube de testigos, despójate de todo peso y del pecado que te asedia, y corre con paciencia la carrera que tienes por delante. Puestos los ojos en mí, el autor y consumador de la fe, quien por el gozo puesto delante de mi sufrí la cruz, menospreciando el oprobio, y me senté a la diestra del trono de Dios. *(Hebreo12:1-2)* Porque, por su grande misericordia, Dios, los hizo renacer para una esperanza viva, por mi resurrección de entre los muertos, para una herencia incorruptible, incontaminada e inmarchitable, reservada en los cielos para ustedes, que son guardados por el poder de Dios mediante la fe, para alcanzar la salvación que está preparada para ser manifestada en el tiempo postrero. *(1Pedro 1:3-5)* Así que el escudo de la fe es fuerte e invencible; porque todo lo que es nacido de Dios vence al mundo; y esta es la victoria que ha vencido al mundo, la fe que ustedes tienen. *(1 Juan 5:4)* Porque si alguno se enfrasca en una lucha contra el enemigo y no tiene fe en que yo ya anulé el acta de decretos que pesaba sobre su cabeza, y que estaba en contra de él, quitándola de en medio y clavándola en la cruz, y despojando a los principados y a las potestades, los exhibí públicamente, triunfando sobre ellos en la cruz. *(Colosenses 2:13-15)* Aún no tiene conciencia de lo que hice por él en la cruz, y esto de que no tiene conciencia es que desconoce que su vida fue puesta por mi Padre en mi mano y que de allí nadie me la puede arrebatar, porque mis ovejas oyen mi voz, y yo las conozco, y me siguen, y yo les doy vida eterna; y no perecerán jamás, ni nadie las arrebatará de mi mano. Mi Padre que me las dio, es mayor que todos, y nadie las puede arrebatar de la mano de mi Padre. Yo y el Padre uno somos. *(Juan 10:27-30)* Así que si alguno está en mí no permanecerá en duda y temor por las obras del engañador, pues Yo habiendo subido al cielo estoy a la diestra de Dios; y a mí están sujetos ángeles, autoridades y potestades. *(1 Pedro 3:22)* Así, pues, que estando firmes en la libertad con que les he hecho libres, creyendo en mi nombre tienen el testimonio en si mismos, y este es el testimonio: que Dios les ha dado la vida eterna; y esta vida está en mí y el que me tiene a mí tiene la vida, *(1 Juan 5:10-12)* Así que, si tienen fe, ¿que pues, dirán? Si Dios es por ustedes, ¿quién podrá levantarse contra ustedes? *(Romanos 8:28-39)*

Y toma el yelmo de la salvación; para que en ella sea guardada tu mente, porque Yo soy el que escudriña la mente y el corazón para dar a cada uno según su camino. *(Jeremías 17:10)* Mira que hay muchos que se apartan a la vanidad de sus mentes y por esto vienen a ser reprobados, porque no tienen discernimiento del bien y del mal. Ya que anulando la salvación, que por Dios les es dada, muchos a lo malo dicen bueno, y a lo bueno malo; y hacen de la luz tinieblas, y de las tinieblas luz; poniendo lo amargo por dulce, y lo dulce por amargo. *(Isaías 5:20)* Más tú has recibido el Espíritu Santo, que proviene de Dios, para que sepas lo que te ha sido concedido. *(1 Corintios 2:12)* No la sabiduría que inflama al mundo, sino la sabiduría que ha estado predestinada para todos aquellos que aman a Dios; por que todo aquel que milita en la fe, tiene por primero el amor a Dios. *(Mateo 22:37)* Así que, renuévate en el espíritu de tu mente, conforme a la sabiduría de Dios cada día, para que en tu testimonio digan que realmente tienes la mente de Cristo. Y presentando buena defensa de la salvación, sea avergonzada la sabiduría de este mundo. Proponiendo en tu corazón no pensar antes como has de responder a los que te acusan y oprimen; por que yo te daré palabra y sabiduría, la cual no podrán resistir ni contradecir todos los que se opongan. *(Lucas 21:14-15)*

Pues ustedes, aunque no eran merecedores, fueron puestos al servicio del mensaje de salvación, por la acción poderosa de Dios, anunciando a todos la buena noticia de las incontables riquezas, y se les ha encargado hacer ver a todos cuál es el plan que desde siempre era un secreto de Dios, creador de todas las cosas. Y que sucedió así para que ahora, por medio de la iglesia, todos los poderes y autoridades en el cielo lleguen a conocer la sabiduría de Dios en todas sus formas. *(Efesios 3:7-10)* Y no dejes de afirmar el yelmo de la salvación, escudriñando las escrituras, meditando de día y de noche en ellas. *(Josué 1:8)* Recuerda que desde hace tiempo conoces las escrituras, las cuales te peden hacer sabio para la salvación por la fe que es en mí, Jesús el Cristo. Porque toda la escritura es inspirada por Dios, y es útil para enseñar y reprender y educar en una vida de rectitud, para que el hombre de Dios esté capacitado y completamente preparado para hacer toda clase de bien. *(2 Timoteo 3:15-17)* Así que, haciendo esto, tu mente será guardada de los dardos del enemigo. Tú sabes que el día de mi regreso será cuando menos se me espere, como un ladrón que llega de noche. Cuando la gente diga: "Todo está en paz y tranquilo", entonces vendrá sobre ellos la destrucción, como le vienen los dolores de parto a una mujer que está en cinta; y no podrán escapar. Pero, los que están en mí, no están en la oscuridad para que el día de mi regreso los sorprenda como un ladrón. Todos ustedes son de la luz y del día. No son de la noche ni de la oscuridad; por eso no deben dormir como los otros, sino mantenerse despiertos y en su sano juicio. Los que duermen, de noche duermen, y los que se emborrachan, se emborrachan de noche; pero ustedes, que son del día deben permanecer sobrios y alerta. Deben protegerse con la fe y el amor, y cubrirse, como con un casco, con la esperanza de la salvación. *(1 Tesalonicenses 5:2-8)*

Y toma la espada del Espíritu, que es la palabra de Dios; porque la palabra de Dios tiene vida y poder. Es más aguda que cualquier espada de dos filos, y penetra hasta lo más profundo del alma y del espíritu, hasta lo más intimo de la persona; y somete a juicio los pensamientos y las intenciones del corazón. *(Hebreos 4:12)* Porque ninguno puede refutar mi verdad, pues en ella está la sabiduría y la verdadera vida. Así sea tu testimonio delante de los hombres en honestidad y hablando lo que está de acuerdo a la sana doctrina, a fin de que enseñados otros por ti, den buen testimonio para que la palabra de Dios no sea blasfemada. *(Tito 2:1-5)* Dando gracias a Dios, quien siempre los lleva a tener éxito por causa de mi nombre, y quien por medio de ustedes manifiesta en todo lugar el olor de su conocimiento; porque para el Padre ustedes son como el olor del incienso que Yo ofrezco a Dios, y que se esparce tanto entre los que se salvan como entre los que se pierden. Para los que se pierden, este incienso resulta un aroma mortal, pero para los que se salvan, es una fragancia que les da vida. Y para estas cosas, ¿quién está capacitado para esto? Ustedes no anden negociando con el mensaje de Dios, como hacen muchos, al contrario, hablen con sinceridad delante de Dios, como enviados suyos que son y por su unión conmigo. *(2 Corintios 2:14-17)* Porque ustedes al obedecer al mensaje de la verdad, han purificado sus almas para amar sinceramente a su prójimo. Así deben andar en amor, amando con corazón puro y con todas sus fuerzas. Pues ustedes han vuelto a nacer, y esta vez no de padres humanos y mortales, sino de la palabra de Dios, la cual vive y permanece para siempre. Porque la escritura dice: Todo hombre es como la hierba, y su grandeza es como la flor de la hierba. La hierba se seca y la flor se cae, pero la palabra del Señor permanece para siempre. Y esta palabra es el mensaje de salvación que se les ha anunciado a ustedes. *(1 Pedro 1:22-25)* Por lo que te digo: Hazlo todo sin murmuraciones ni discusiones, para que nadie encuentre en ti culpa ni falta alguna. Se un hijo de Dios sin mancha en medio de gente mala y perversa. Entre ellos brillan ustedes como estrellas en un mundo oscuro, manteniendo en alto el mensaje de la vida. *(Filipenses 2:14-16)* Procura, pues, presentarte delante de Dios como un trabajador aprobado que no tiene de qué avergonzarse, que enseña debidamente el mensaje de la verdad. *(2 Timoteo 2:14-15)* Porque así estarás armado de la verdad y podrás derribar todo argumento y altivez que se levanta contra el conocimiento de Dios, y llevarás cautivo todo pensamiento a la obediencia a mí, el Cristo. *(2 Corintios 10:4-5)* Mira, es con la espada del Espíritu, la cual tienes al alcance, con que puedes resistir al acusador y echarlo fuera. De mi aprende esto, que cuando fui llevado por el Espíritu al desierto para ser tentado, le resistí con la espada del Espíritu que es la Palabra de Dios. *(Mateo 4:1-11)* Así que, el poder de la palabra no puede ser resistido por ninguno de los que se levantan en su altivez, ya sean huestes espirituales de maldad en las regiones celestes, o potestades, o principados; pues por ella fueron creados los mundos, de modo que lo que ahora puedes ver fue hecho de cosas que no podían verse *(Hebreos 11:3)* y esto de que por la palabra todo fue creado quiere decir que ella misma sostiene todo. *(Hebreos 1:3)* Y ninguno de los eventos de la creación obra independientemente de la palabra pues todos están sujetos a ella, *(Salmos 147:15-18)* y es poderosa para sanar al que clama a mí; yo la envío y es hecha la obra. *(Salmos 107:19-20; Mateo 8:8)* Así que debes conocerla, obedecerla y hacer buen uso de ella.

Y no dejes de orar: ruega y pide a Dios siempre, guiado por el Espíritu. Mantente alerta sin desanimarte, y ora por todo el pueblo de Dios. Porque la oración es poderosa, si en verdad oras con fe, no dudando en el corazón. *(Marcos 11:23-24)* Ten en cuenta esto porque la intercesión es poderosa en los santos, pues quién sabe lo que se debe pedir como conviene sino el Espíritu de Dios que mora en ustedes. *(Romanos 8:26)* Y quiénes participan desde el mundo en las cosas celestiales sino ustedes, porque por sus oraciones hacen presencia delante del trono de Dios; *(Apocalipsis 5:8; 8:3)* y quién es el que ministra por sus necesidades sobre la casa de Dios sino Yo, el único mediador entre Dios y los hombres. *(Hebreos 10:19-22; 1 Timoteo 2:5)*

Justo guardó silencio y cerró sus ojos pensando cuan desarmado anda un creyente por el mundo. Quizás hoy algunos quieren manifestar al mundo una "guerra espiritual" que tiene su fundamento bíblico en el hecho de que Dios ha revelado el conflicto entre el bien y el mal, conflicto en el cual desde el siglo y por los siglos Dios es el gran victorioso. *(Apocalipsis 12:7-10)* En gran parte esta guerra ha sido sujeta al emocionalismo y en muchos casos se ha visto influenciada por prácticas espiritistas y de chamaneria, ya que cada cultura posee un legado histórico en este sentido en cuanto a las tradiciones de los pueblos indígenas y afro descendientes que adoptaron la superstición y el paganismo a la par de la religión cristiana impuesta en la época de la conquista, y no con las verdaderas armas de luz que están sujetas a la obediencia total a Dios. *(Romanos 13:12-14)*

Mas Dios tiene misericordia de su pueblo y lo guarda del mal, pero muchas derrotas se sufren por no saber llevar la armadura de Dios con que se pueden resistir y vencer los ataques del mal. No que los ataques se dejen de presentar, porque en medio del mundo siempre vendrán aflicciones, sino que fortalecidos en el Espíritu de Dios, resistamos con sabiduría las falacias y acometidas del engañador para que huya de nosotros. *(Santiago 4:7)*

Por lo cual no tenemos que enfrascarnos en una batalla en nuestras fuerzas, pues el enemigo ya fue vencido; por esto dice Pablo, en la carta a los Romanos en todo el capítulo ocho, que ninguna condenación hay para los que están en Cristo Jesús, esto es, a los que no andan conforme a la carne, sino conforme al Espíritu, y que si Dios está a nuestro favor nadie podrá estar contra nosotros, y que no hay acusador en todo el universo que pueda argumentar juicio en contra nuestra, pues por la sangre de Jesucristo ya fuimos justificados. *(Romanos 8:1-39)*

Y todo esto bajo un solo contexto prominente y revelado en toda la extensión de la palabra de Dios: "LA SALVACIÓN QUE DIOS TRAE AL HOMBRE".

Y esto de que por la fe en Jesucristo somos salvos

implica que su presencia está en nosotros, pues su promesa es habitar en la vida de todo el que le recibe como "Señor y Salvador"; *(Apocalipsis 3:20; Juan 13:20)* y si le recibimos, también recibimos su Santo Espíritu quien es el sello sobre nuestra vida como posesión de Dios, *(Efesios 1:13-14 y 4:30)* por lo que la plenitud de Cristo habita en el creyente y si la plenitud de Cristo habita en el creyente es que la luz se ha hecho manifiesta echando fuera toda tiniebla, porque donde está la luz (Jesucristo) las tinieblas no prevalecen. *(Juan 1:1-5)*

Por un instante no se escuchó ruido alguno, todo fue silencio en aquel momento acogedor. Allí no había nada más y no importaba nada más; Justo estaba ante la poderosa presencia del Señor, y le pareció que podría pasarse la eternidad así. De repente los ruidos cotidianos de la noche en la ciudad se hicieron presentes de nuevo, y al abrir sus ojos ya no había más oscuridad; la luz de la luna bañaba su cuerpo, que temblaba sin parar. Se apoyó de nuevo en las barandas de la terraza que daban a la calle y las lágrimas corrieron por su rostro. Cuantas cosas había perdido en la vida, y no supo como luchar por ellas; pero lo más importante es que ahora podía ver claramente que lo que tenía por pérdidas en el mundo, eran ganancias en el Señor. Dios estuvo siempre con él en las batallas que creyó perdidas y que no eran otra cosa que la preparación para la victoria definitiva sobre el mal. Todas aquellas cosas le habían ayudado para bien. Ahora conocía un camino más excelente para vencer al mundo. *(Juan 16:33)*

CAPITULO V

La Luz del Mundo

Vosotros sois la luz del mundo; una ciudad asentada sobre un monte no se puede esconder.

Mateo 5:14

Prudencia estaba en el jardín arreglando sus rosales, Justo admiraba aquellas hermosas flores que con tanto esmero cuidaba esta hermana de la iglesia. Su casa era hermosa, tenía un gran patio con un jardín sembrado de muchas clases de flores. Aquel día en especial ella se veía muy afanada; Justo había pasado a saludarla pues le agradaba conversar con ella, quien era una mujer de oración, llena del Espíritu y de sabiduría. Mientras la observaba, Justo pensaba que su vida era como aquellas flores que hermoseaban el lugar donde estaban plantadas, pero siempre crecían malezas a su alrededor que intentaban ahogarle en medio de las dificultades por lo que le dijo: - ¿Sabes? Es interesante ver como la maleza siempre trata de opacar la belleza de las rosas... Prudencia se quedó mirando fijamente a las flores y guardó silencio; luego se miraron a los ojos y ambos asintieron en que Justo estaba tocado un tema que a ella misma le preocupaba, y después de unos segundos de silencio exclamó: - La mayoría de las personas se empeñan en ver la maleza en los jardines de Dios porque esta es la obra del acusador, ahogar la belleza de la vida misma de Cristo morando en el corazón del hombre. Entre Justo y Prudencia existía una comunicación muy especial; muchos años de conocerse y de compartir sus experiencias de vida orando el uno por el otro, les había dado un vinculo muy especial que les hacía entender mas allá de las palabras, el sentido de cada expresión.

- No logro comprender, dijo Justo, cómo dentro la iglesia crecen los espinos y la maleza que impiden florecer la comunión espiritual entre los hermanos...

- Debes entender que cada uno cree tener una mejor relación con Dios que su prójimo, por lo que juzga sin mirar hacia su propio corazón.

- Sí, yo sé que muchos se envanecen porque creen que están mejor que el otro, por el hecho de hacer algo dentro de la obra o porque son muy nombrados por su pastor, o porque tienen estudios teológicos, o por su posición social y económica, o porque en sus vidas no han ocurrido hechos tristes como estar desempleado, ser madre soltera, estar divorciado, estar pasando dificultades económicas, o tener un hijo drogadicto o un esposo inconverso que le oprime, o estar padeciendo alguna penosa enfermedad, o incluso haber cometido algún error del cual trata de sobreponerse, cosas que cada día son manifiestas en este mundo.

- Yo entiendo eso hermano... porque el evangelio que se ha vendido hoy al mundo es el de una prosperidad a prueba de todo, cuan triste es ver al divorciado, a la madre soltera, al padre del drogadicto, al que se mantiene enfermo, y al que está pasando grandes quebrantos económicos, tratando de dar testimonio de vida en medio de aquellos que no hacen más que criticarles o de juzgarles, ellos son como estas rosas que tratan de mostrar su belleza en medio de tanta maleza, que siempre crece a su alrededor aunque yo la quite.

- Así es hermana, lo más triste es ver a los miembros de nuestro propio cuerpo destruyéndose los unos a los otros en medio las habladurías y los chismes, porque muchos pretendiendo mostrarse como a espirituales y sabios en su propia opinión, pervierten el derecho y la causa de sus hermanos; queriendo mostrar, por la palabra, una justicia de la cual hacen responsable a Dios, cuando no es otra cosa que el juicio inclemente de sus corazones. *(Mateo 7:1-6)* Porque como está escrito: *"¿Hasta cuando maquinaréis contra un hombre, tratando todos vosotros de aplastarle como pared desplomada y como cerca derribada? Solamente consultan para arrojarle de su grandeza. Aman la mentira; con su boca bendicen, pero maldicen en su corazón". (Salmos 62: 3-4)*

- Sí, hermano Justo, la palabra nos redarguye acerca de la actitud que se ha mantenido en la iglesia por los siglos, esto ha causado divisiones y pleitos que no han permitido testificar al mundo que de verdad somos la luz en medio de las tinieblas de este mundo. El verdadero amor edifica y no destruye, no es egoísta y no busca lo suyo como dice la Biblia en 1 Corintios 13.

- Bueno lo cierto es que aún en estas circunstancias no podemos hacer acepción de personas y comportarnos con ellos como lo hacen con sus prójimos...

- Sí, mírame a mí, afanada en mis quehaceres por que hoy viene a visitarme la hermana Fatua, a quien yo preferiría no llamar así, pues la palabra dice que no debemos llamar fatuos a nuestros hermanos, pero de quien en realidad pienso que el Señor la ha puesto a mi lado para que le haga entrar en razón cada vez que me visita trayendo toda clase de críticas y habladurías de los hermanos, escandalizándose por sus errores con ese aire de santidad que ella misma se imprime.

- ¡Hmm!, exclamó Justo sonriendo al mismo tiempo que Prudencia, y dijo: en verdad esto no solo ocurre en nuestra iglesia, sino en todo lugar donde se predica el evangelio. Es como dice el Señor, que la cizaña crece junto con el trigo y ésta se parece en un principio al trigo, pero cuando llega el día de la ciega es separada; porque el que siembra la buena semilla reconoce también en la cosecha el buen fruto. Por esto, no podemos dejar de perseverar en dar testimonio a un que otros traten de desdibujarlo.

Justo se despidió de la hermana Prudencia, y se fue pensado en aquella conversación. Esto era algo que estaba ocurriendo en su propia vida, aunque ya había pasado algún tiempo desde su divorcio, no dejaban de llegarle a sus oídos los comentarios perniciosos que hacían algunos de los hermanos que no le aceptaban en el ministerio de la iglesia. Bueno, a Justo esto no le afectaba porque él sabía que Dios no le juzgaba y que a fin de cuentas el que juzga para su propio juicio juzga todas las cosas, porque vendrá el día en que la verdad se hará manifiesta y esta juzgará a cada uno conforme a sus obras. Lo que preocupaba a Justo era el hecho de que en medio de esto la iglesia se desviaba de su propósito misionero, que es el de testificar al mundo las buenas nuevas de salvación de Dios en Cristo Jesús. Porque si esto ocurre en toda la extensión del cuerpo de Cristo en el mundo, ¿qué está haciendo la iglesia sometiendo a juicio de los impíos a los propios miembros de su cuerpo? *(1 Corintios 6:1-11)*

No es que la iglesia deba pasar por alto el pecado y mucho menos aceptar el doble ánimo de aquellos que viven una vida de falsa religiosidad, sujetos a los vanos deseos de la carne. Sino que el adormecimiento ha hecho presa de un gigante sobre el que reposa la herencia incorruptible de la salvación. *(1 Pedro 1:3-5)* Antes bien, parece que a algunos predicadores de nuestro tiempo se les ha olvidado o no han conocido la historia de los padres de la iglesia, aquellos que en medio de mucho dolor y persecución dieron testimonio de fe, dando sus vidas por la extensión y la proclamación del evangelio, para que aún hoy muchos reciban el ofrecimiento de Dios, que son salvación y vida eterna para sus almas, y no las ilusorias riquezas de este mundo, promesas con las cuales tratan de persuadir a los que tales razones guardan en su corazón para seguir a Cristo. *(1 Timoteo 6:3-7)* Pensaba en aquellas palabras que dicen: *"la creación espera con gran impaciencia el momento en que los hijos de Dios sean dados a conocer"*. *(Romanos 8:19)* Justo Recordaba aquellos hermanos que con gran vehemencia se levantaban en medio de las congregaciones, y aún en los programas cristianos de la televisión, hablando elocuentemente a la iglesia; estos se mostraban como grandes entre los "pequeños y débiles" hermanos, hablando a toda hora de su autoridad, prosperidad económica y la gloria de sus obras; juzgando la condición de los que padecen pobreza y toda clase de dificultades como un resultado de la falta de fe y santidad para con el Señor. ¡Claro!, pensaba Justo, un hermano que lidera una iglesia grande donde los ingresos de los diezmos y las ofrendas pueden sostener la obra, y aún así pagarle un salario digno para que él mismo tenga muchas comodidades, puede hablar de esta clase de prosperidad y con grandes palabras aludir el gran poder de Dios, y aún exhortando a los fieles de la iglesia, donde muchos dan lo que tienen para sostener el ministerio, sin que ellos mismos sean asistidos pastoralmente por sus lideres; pero que decir de los hermanos que en sitios alejados y olvidados trabajan en obras que, por la calidad de vida de sus fieles y la terrible ola de escasez que sufren tantas regiones del mundo, no puede sostenerse de los diezmos y las ofrendas. Lugares donde el pastor tiene una familia que mantener y por lo tanto su labor es de carácter bivocacional y muchas veces se ve afrontando necesidades, más aún así, glorifican el nombre de Dios y cumplen su propósito llevando el mensaje de Dios con sencillez y amor, o aquellos que son misioneros en los lugares más alejados donde ningún eminente predicador quiere ir por causa de las incomodidades y la gran inversión que hay que hacer ante los pocos ingresos que genera una obra como esta. De estos ninguno de aquellos tiene misericordia con tanta palabrería, antes bien, deberían pensar de si mismos con cordura dando gracias a Dios, *(Romanos 12:3-5)* como dijo el apóstol Pablo: *"Sin embargo si quisiera gloriarme, no sería insensato, porque diría la verdad; pero lo dejo, para que nadie piense de mí más de lo que en mí ve, u oye de mí. Y para que la grandeza de las revelaciones no me exalte desmedidamente, me fue dado un aguijón en mi carne, un mensajero de Satanás que me abofetee, para que no me enaltezca sobremanera; respecto a lo cual he rogado al Señor tres veces que lo quite de mí. Y me ha dicho: Bástate mi gracia; porque mi poder se perfecciona en la debilidad. Por tanto, de buena gana me gloriaré más bien en mis debilidades, para que repose en mí el poder de Cristo. Por lo cual, por amor a Cristo me gozo en las debilidades, en afrentas, en necesidades, en persecuciones, en angustias; porque cuando soy débil, entonces soy fuerte."* *(2 Corintios 12:6-10)*

Que triste resultaba para Justo el ver que muchos en vez de dar ánimo a los débiles, hacían alarde de su ostentosidad; y en vez de instruir en la piedad, les impartían enseñanzas que les metían en un mar de confusiones, sacándolos de la realidad de este mundo. Pues es en este mundo donde estamos, y donde también está el diablo como león rugiente, buscando a quien devorar; por lo cual es mejor instruir a los hermanos en la piedad para que estando firmes en la fe puedan resistir las adversidades, sabiendo que los mismos padecimientos se van cumpliendo en los hermanos en todo el mundo. *(1 Pedro 5:8-9)* Justo sabía que existen dos reinos en conflicto constante, pero que ese conflicto solo lo ganan los creyentes mediante la fe, y manifestando en todo el gozo de la salvación, aún en medio de las más difíciles pruebas. *(1 Pedro 4:12-19)*

No que el padecimiento y el mucho dolor nos hagan salvos (estas son obras), y mucho menos que nuestra vida deba de ser todo sufrimiento, pues no es la voluntad de Dios seguir atribulando al hombre después de rescatarlo del dolor y la confusión que ofrece el mundo, sino que, andando en su amor aprendamos a conocer donde está la verdadera felicidad, la cual solo da Dios, quien ha dado testimonio de esto desde la antigüedad. *(Hechos 14:16-17; Salmos 4:6-8; Isaías 35:10)* Pero, ¿como ser la luz del mundo en medio de tanta dificultad? Esa era la gran incógnita para Justo, pues no es el egoísmo y el juicio lo que presenta a la iglesia como una comunidad sanadora en medio del mundo, sino la luz de cristo quien es la cabeza y quien se manifiesta a través del cuerpo en amor.

Eran las 5:30 a.m. cuando Justo estaba haciendo su devocional diario. En medio de su oración ahora afloraba una petición especial por la iglesia, resultaba preocupante el hecho de que la iglesia se ocupaba mucho más por mirar lo que puede poseer en esta tierra que por proclamar y hacer discípulos, aunque con este pretexto muchos no hacían mas que pedir y pedir dinero, sabiendo que la proclamación y el discipulado es una tarea personal de cada creyente. Y este era otro problema, pues el compromiso de llevar el evangelio a las naciones se estaba limitando a los medios de comunicación, que útiles en el proceso de ganar las almas, aún así, no llenan las expectativas del compromiso que cada creyente debe tener con la obra de Dios en la gran comisión. *(Mateo 28:19-20)*

Mientras oraba, de rodillas y encorvado hasta el suelo con sus ojos cerrados, Justo percibió un resplandor en su cuarto. Creyó que ya era tarde y el sol empezaba a dar contra su ventana, intentando entrar con sus rayos para calentar cada rincón de su habitación. Mientras oraba no dejaba de sentir la sensación de que alguien le observaba y no pudo continuar. Al abrir sus ojos pudo ver a Jesús sentado en el borde de su cama; su presencia era tan normal como la de cualquier ser humano, excepto por el resplandor que le rodeaba. Esto era algo que le maravillaba, Jesús se había manifestado a Justo en diversas circunstancias y cada manifestación tenía una dimensión extraordinaria en la forma que ocurría. Pensaba Justo para sí mismo que esta era una gran paradoja teológica, pues una vez enviado el Espíritu Santo, no era necesaria la presencia de Jesús en el mundo para instruir a los creyentes. Aún así, la realidad inefable era esta: Justo estaba de rodillas en el suelo ante la presencia de Jesús.

- ¿Cómo es posible Señor?

- Jesús sonrió y dijo: ¿No estaba el Espíritu Santo en Patmos y me manifesté a Juan? *(Apocalipsis 1:9)*

- Sí, pero...yo no soy ese gran siervo que era

Juan...he cometido tantos errores...

- Jesús le miró con ternura y le dijo: "Yo soy la luz del mundo; el que me sigue, tendrá la luz que le da vida, y nunca andará en oscuridad". *(Juan 8:12)*

- Señor, es tan difícil manifestar la luz al mundo, cuando las circunstancias que nos rodean son adversas a nuestro anhelo de testificar...

- Yo te he escuchado en el jardín de Prudencia y ciertamente el panorama que les ofrece este mundo no es un jardín de rosas, pero aquí están ustedes puestos para testimonio y luz a las naciones, una ciudad en un cerro alto no puede ocultarse. *(Mateo 5:14)*

- Pero, ¿cómo es que aún los propios hermanos tratan de desdibujar nuestro testimonio por causa de las circunstancias que nos son adversas?

- ¡Mira! Yo los he enviado a ustedes como a ovejas en medio de lobos, y ustedes deben ser, pues, astutos como serpientes, aunque también ingenuos como palomas. *(Mateo 10:16-24)* Pero, como he dicho antes, es necesario que la iglesia testifique en medio de las dificultades; por tanto, tú mantén el ánimo y sigue testificando, porque todo el que me sigue es constituido colaborador del reino de los cielos. Ahora, como colaboradores en la obra de Dios, ustedes no deben desaprovechar la bondad que Dios, el Padre, les ha mostrado. Porque dice: *"En momento oportuno te escuché; en el día de la salvación te ayudé."* Y ahora es el momento oportuno. ¡Ahora es el día de la salvación! En nada den mal ejemplo a nadie, para que su trabajo no caiga en descrédito. Al contrario, en todo deben dar muestra de que son siervos de Dios, soportando con mucha paciencia los sufrimientos, las necesidades, las dificultades, y toda clase de persecución que se les haga por causa del testimonio. Demostrando su pureza de vida, su conocimiento de la verdad, su tolerancia y bondad, mostrando la presencia del Espíritu Santo en sus vidas, su amor sincero, su mensaje de verdad y el poder de Dios en ustedes. *(2 Corintios 6:1-7)*

- Es que es tan difícil cuando las circunstancias que te rodean no van acordes con la enseñanza que se imparte en la iglesia, como por ejemplo: los quebrantos económicos, los divorcios, las deudas, los problemas familiares, cosas que si no brotan de uno mismo, brotan del corazón de quien está a tu lado y esto afecta tu vida pues vienen los chismes y las habladurías, porque siempre se busca un culpable y por esta razón muchos pervierten el derecho de uno y justifican el pecado del otro.

- Hijito, esta es la obra de las tinieblas tratar de opacar la luz, pero Yo la luz me he manifestado al mundo, para que los que creen en mí no se queden en la oscuridad, *(Juan 12:46)* por esto te digo que uses las armas de la rectitud, tanto para quebrantar los ataques del enemigo como para defender. A ustedes unas veces se les honra y otras veces se les ofende; unas veces se habla bien de ustedes, y otras veces se habla mal. Son tratados como mentirosos, a pesar de que dicen la verdad. Los tratan como a desconocidos, a pesar de que son bien conocidos. Están medio muertos, pero siguen viviendo; se les castiga, pero no los matan. Parecen estar tristes, pero siempre están contentos; parecen pobres, pero han enriquecido a muchos; parece que no tienen nada, pero lo tienen todo. *(2 Corintios 6:7 10)* Así son tratados los míos; pero, cierto es que todo lo que les hacen a ustedes, a mi mismo lo hacen, porque todo el que les recibe a ustedes, me recibe a mí y recibe al que me envió. *(Juan 13:20)* Ustedes son uno conmigo; si el mundo los aborrece, sepan que a mí me han aborrecido antes que a ustedes. Y el que me aborrece a mí también aborrece al Padre. *(1 Corintios 6:17; Juan 15:18-25)*

- Mi Señor...dentro de la iglesia se vive esto, ¿cómo se hace manifiesta la luz verdadera en medio de la actitud hipócrita de algunos?

- Yo he enviado al Espíritu Santo para que more en ustedes, él es Espíritu de la verdad y procede del Padre, y testifica de mí en ustedes. *(Juan 15:26-27)* Así que cuídense de esos mentirosos que pretenden hablar de parte de Dios. Vienen a ustedes disfrazados de ovejas, pero por dentro son lobos feroces. Ustedes los pueden reconocer por sus acciones, pues no se cosechan uvas de los espinos ni higos de los cardos. Así, todo árbol bueno da fruto bueno, pero el árbol malo da fruto malo. El árbol bueno no puede dar fruto malo, ni el árbol malo dar fruto bueno. Todo árbol que no da buen fruto, se corta y se echa al fuego. De modo que ustedes los conocerán por sus acciones. *(Mateo 7:15-20)* Pues el amor no mora en sus corazones, y si no aman a su prójimo a quien pueden ver, ¿cómo dirán que me aman a mí?*(1 Juan 4:20)* Así que, Yo soy la vid y ustedes son las ramas. El que permanece unido a mí, y yo unido a él, da mucho fruto; pues sin mí no pueden hacer ustedes nada. Y esto de permanecer unidos es que Yo mismo vivo en ustedes y mi vida es manifiesta a través de ustedes al mundo, porque yo entro en la vida de todo aquel que así lo permite y que reconoce que en mi halla la salvación. *(Apocalipsis 3:20)* Así que, ustedes son una ciudad asentada en un monte alto a la vista de todos porque están en mí y Yo, la luz, en ustedes.

- Pero, es tan compleja la naturaleza humana y cuesta tanto despojarnos del viejo hombre, que aún en la iglesia la mayoría no es consciente del compromiso misionero, haciendo acepción de personas y no involucrándose en tu obra cuando tú nos has dado una gran comisión. *(Mateo 28:19-20)*

- Sí, los afanes y la ansiedad que ofrece el mundo ha engañado a los débiles para que, con muchos pretextos, siempre estén alejados de la obra del reino de los cielos. Pero, esto te digo: *"El amar a Dios consiste en obedecer sus mandamientos; y sus mandamientos no son una carga, porque todo el que es hijo de Dios vence al mundo. Y la fe de ustedes les ha dado la victoria sobre el mundo".* (1 Juan 5:3-4) Así que, como Dios, el Padre, amó tanto al mundo, que dio a su Hijo único, para que todo aquel que cree en él no muera, sino que tenga vida eterna; (Juan 3:16) ese mismo amor debe moverlos a ustedes en compasión para ir y testificar, alcanzando a los que se pierden en obediencia a la voluntad de Dios. (2 Pedro 3:9)

- Señor, quizás muchos tiene miedo de perder su reputación o sus negocios, o sus relaciones por causa de mostrar al mundo que son hijos de Dios.

- Donde está el amor verdadero no hay miedo. Al contrario, el amor perfecto echa fuera el miedo, pues el miedo supone el castigo. Por eso si alguien tiene miedo, es que no ha llegado a amar perfectamente. (1 Juan 4:18)

- Mira Señor, es verdad que muchos viven de las apariencias y así evitan los escarnios, y las burlas de sus círculos sociales porque aman mucho más todo lo que les representa bienestar y estatus social, antes que mostrar la verdad al mundo. Y aún peor, en la iglesia se comportan igual no juntándose con los de menor condición, formando grupos exclusivos. Yo pienso que esto no testifica que somos la luz del mundo.

- Así es, en esto muestran que aún no dependen totalmente de mi amor en todas sus obras; pero, no te aflijas hijo mío; siempre recuerda las palabras que dije antes y te las digo de nuevo hoy: *"son felices los que reconocen su necesidad espiritual, pues el reino de Dios les pertenece. Son felices los que están tristes, pues Dios siempre les dará consuelo. Son felices los de corazón humilde, pues recibirán la tierra que Dios les ha prometido. Son felices los que tienen hambre y sed de hacer lo que Dios exige, pues él hará que se cumplan sus deseos. son felices los que tienen compasión de otros, pues Dios tendrá compasión de ellos. Son felices los de corazón limpio, pues ellos verán a Dios. Son felices los que procuran la paz, pues Dios los llamará hijos suyos. Son felices los que sufren persecución por hacer lo que Dios exige, pues el reino de Dios les pertenece. Son felices ustedes, cuando la gente los insulte y los maltrate, y cuando por causa mía los ataquen con toda clase de mentiras. Alégrense, estén contentos, porque van a recibir un gran premio en el cielo; pues así persiguieron a los profetas en la antigüedad"*. (Mateo 5:1-12)

Justo guardó silencio ante las palabras de Jesús, ahora comprendía aquellas palabras de Jesús en el sermón del monte acerca de las bienaventuranzas; ser bienaventurado es ser feliz y ser feliz significa hacer la perfecta voluntad de Dios. Los espinos y la cizaña siempre crecerán a nuestro alrededor, más aún cuando intentamos agradar a Dios, pues esta es la obra del engañador a través de los que se prestan como instrumentos de iniquidad.

Jesús hojeaba la Biblia de Justo sobre la cama con una expresión de regocijo en su rostro como esperando que Justo continuara hablándole.

- Mi Señor, cierto es que la iglesia a través de la historia ha sido efectiva en el anuncio de las buenas nuevas, aún en medio de las dificultades que ha afrontado por causa de la corrupción y el engaño que siempre afloran en medio de ella, pero, ¿cómo testificamos que somos la luz del mundo en estos tiempos donde muchas doctrinas de error y falsos profetas se levantan para engañar aún a los escogidos?

- Cierto es hijo amado, que el engañador no ha venido sino para engañar, hurtar y matar pues el tal es homicida desde el principio, y esto de que es homicida es que desde siempre ha querido apagar la flama de la esperanza a aquellos que aún viven en tinieblas, para que no viendo la luz no puedan acercarse a ella. Pero yo les he dejado testimonio de vida para llevar al mundo las buenas nuevas por todos los medios posibles, y esa vida está en ustedes que son la luz del mundo.

Primeramente **la adoración:** Porque se les dijo desde antes que vendría la hora, y es ahora mismo, cuando los que de veras adoran al Padre lo harán de un modo verdadero, conforme al Espíritu de Dios. Pues el Padre quiere que así lo hagan los que le adoran. Dios es Espíritu, y los que le adoran deben hacerlo de un modo verdadero conforme al Espíritu de Dios *(Juan 4:23-24)* Así que la función misionera de la iglesia comienza en el mismo hecho de la adoración porque ustedes fueron creados para adorar y el propósito de la iglesia es ser la alabanza de su gloria pues la creación espera con gran impaciencia el momento en que los hijos de Dios sean dados a conocer. Porque la creación perdió su verdadera finalidad, no por su propia voluntad, sino porque Dios así lo había dispuesto; pero le quedaba siempre la esperanza de ser liberada de la esclavitud y la destrucción, para alcanzar la gloriosa libertad de los hijos de Dios. Y sabemos que hasta ahora la creación se queja y sufre como una mujer con dolores de parto al igual que ustedes que ya tienen el Espíritu Santo, y que aún en la espera padecen dificultades pero conscientes de la esperanza viva de una salvación inmensa, *(Romanos 8:19-23)* que en todas las naciones anuncian siempre que se reúnen para alabar y exaltar el nombre de Dios. Esta es la acción misionera número uno porque todas las manifestaciones religiosas y los hombres perversos del mundo ven el testimonio de las manos que se levantan hacia el cielo para adorar al Dios Padre todo poderoso. Al que no negó entregar a su propio Hijo para que por medio de él hallasen la salvación y lleguen a adorar confesando en toda nación y lengua que yo, Jesucristo, soy el Señor. Así que la adoración no solo es una manifestación de gratitud y reconocimiento a Dios, sino también un propósito misionero del cuerpo como la luz del mundo; para que haciendo esto, tú mismo seas copartícipe un día de la promesa de Dios que dice: *"Se acordarán, y se volverán a Dios todos los confines de la tierra, y todas las familias de las naciones adorarán delante de ti. Porque de Jehová es el reino, y él regirá las naciones."* (Salmos 22:27-28)

Segundo **el testimonio:** Es necesario que este evangelio sea llevado a todas las naciones, ya que les he comisionado hacer discípulos en todas las naciones, a fin de que todos procedan al arrepentimiento y sean muchos los que se salven. Porque, ¿Cómo van a invocar a Dios, sino han creído en él? ¿Y cómo van a cree en él, sino han oído hablar de él? ¿Y cómo van a oír, sino hay quien les anuncie el mensaje? ¿Y cómo van a anunciar el mensaje, sino hay quien los envíe? Como dice la escritura: "¡Qué hermosa es la llegada de los que traen buenas noticias!" (Romanos 10:14-15) Mira, pues, la importancia de este compromiso que cada uno de ustedes debe tener con la obra de Dios, porque ustedes son llamados a dar mucho fruto y este fruto no es solo la santidad como estilo de vida, sino también la ganancia de almas para el reino. Porque mi testimonio está en sus corazones, pues han creído en mi y esto de que han creído en mi es que no me hacen mentiroso con sus actos, (1 Juan 5:10) sino que con toda solicitud van dando muestra al mundo de que están dispuestos no solo a profesar una fe, sino también a dar aún la vida por la proclamación de las buenas nuevas de salvación. *(Apocalipsis 12:11)*

Tercero **el compañerismo:** Mira que no dejes de asistir a las reuniones de la iglesia como hacen algunos, sino dense ánimo unos a otros; y tanto más cuando está cercano el día. *(Hebreos 10:25)* Amar a tu hermano significa estar en plena comunión con migo, pues ninguno puede decir que me ama y aborrecer a su hermano; *(1 Juan 4:20-21)* Así que, el vinculo perfecto del amor es el testimonio de que yo estoy en ustedes, y ustedes en mi. *(1 Juan 4:11-12)* Y este testimonio se hace manifiesto al mundo de los que están en tinieblas, y no puede manifestarse a este si la casa está dividida, pues una casa dividida no puede permanecer en pie. Porque uno no puede entregar los miembros de su propio cuerpo al escarnio del mundo, para que el nombre de Dios sea blasfemado y esto hacen algunos cuando critican, blasfeman y difaman el buen nombre de sus hermanos, sometiéndolos al escarnio por sus habladurías y chismes, cosas por las cuales ya están prestando sus propios miembros como instrumentos de iniquidad. *(1 Corintios 6:1-11 y Romanos 6:13-14)*

Tampoco se hace manifiesto un compañerismo cuando los miembros del cuerpo andan dispersos en sus propios pensamientos, pretendiendo hacer cada uno la obra por su lado como una isla flotante que no tiene rumbo ni dirección; así que, sujetos los unos a los otros cada uno haga su trabajo con diligencia. No como por competencia y rivalidad, pues ustedes no son competentes por si mismos en la obra que realizan para el reino como para que piensen con vanidad, al contrario todo lo que ustedes pueden hacer les es concedido de Dios, pues han sido capacitados por Dios para ser servidores de un nuevo pacto. *(2 Corintios 3:5-6)* Así pues, que el testimonio de vida dentro de la iglesia es dado a conocer al mundo mediante la obediencia y sujeción a los que dirigen dentro de la obra, porque esta carga tienen ellos por cada uno de los que se congregan, pues tienen que responder a Dios, ya que para esto han sido puestos al servicio del reino. Procuren pues, hacerles el trabajo agradable y no penoso, pues lo contrario no seria de ningún provecho para ustedes. *(Hebreos 13:17)* Así que ámenlos y cuídenlos porque esto testifica al mundo del amor de Dios entre tanto que las almas son alcanzadas.

Cuarto **el sufrimiento:** no debe ser tomado en poco; mira, muchos son los que huyen de la iglesia ante la primera prueba, pues otros juzgan el sufrimiento como la consecuencia del pecado, o el resultado de no estar bien con Dios. Pues yo te digo que son felices los que soportan con fortaleza el sufrimiento; Ustedes han oído cómo soportó Job sus sufrimientos, y saben de qué modo fue tratado al fin por Dios, por que Dios es misericordioso y compasivo. *(Santiago 5:10-11)* Y esto fue testimonio notable al mundo hasta el día de hoy, porque el mundo no ofrece bienestar a los que rectamente quieren andar conmigo. Mira bien que no solo Job, sino todos los que han esperado la promesa desde la antigüedad, han padecido por causa de la verdad; y después de manifiesta la promesa muchos han sido perseguidos, vituperados, encarcelados, maltratados y muertos por causa de mi nombre. Por esto hoy teniendo el testimonio de tantas personas que dieron sus vidas por mi causa, dejen a un lado todo lo que les estorba y el pecado que les enreda, y vivan pacientemente la vida que tienen que vivir todavía. Pongan su mirada solo en mí, Jesús el Cristo, pues de mi procede la fe de ustedes y yo soy quien la perfecciona. Yo sufrí en la cruz sin pensar en lo vergonzoso de esa muerte, porque sabía que después del sufrimiento tendría gozo y alegría; sentándome a la derecha del trono de Dios el Padre. *(Hebreos 11 y 12:1-2)* Así que, si haciendo lo bueno sufren, estén gozosos; pues ustedes confían en mí, que no les dejo sufrir pruebas más duras de las que pueden resistir. Por el contrario, cuando llega la prueba Dios les da la manera de salir de ella para que puedan soportarla, *(1 Corintios 10:13)* y esto de que Dios da la salida es testimonio de que ustedes son uno con migo, y que sus vidas están en mi mano y yo no las pierdo de mi mano para que el mundo vea y crea. *(Juan 10:27-29)* Pero, es necesario que el grano de trigo "caiga a la tierra y muera" para que pueda llevar mucho fruto, porque el que no está dispuesto a negarse a sí mismo y "tomar su cruz cada día" para seguirme, no puede entender la dimensión del sufrimiento en la obra discipuladora, ninguno puede pretender seguirme sin hacer renuncias radicales en su propia vida, para que mi vida se haga manifiesta al mundo a través de su vida.

En quinto lugar, nunca dejen de ejercer **el sacerdocio:** ustedes son una familia escogida, un sacerdocio al servicio del rey, una nación santa, un pueblo adquirido por Dios. Y esto es así para que anuncien las obras maravillosas de Dios, el cual los llamó a salir de la oscuridad para entrar en su luz maravillosa. *(1 Pedro 2:9)* Así que, en plena conciencia del llamamiento y el don perfecto de Dios, perseveren en vivir para el servicio al reino con el testimonio vivo en sus cuerpos en santidad portándose como personas libres, aunque sin usar la libertad como pretexto de hacer lo malo. Pórtense más bien como Siervos de Dios. *(1 Pedro 2:11-17)* Y constantes en la oración en todo tiempo, pues esta es la comunión del sacerdote y el poder que les he dado, y la oración eficaz del justo puede mucho. *(Santiago 5:16)* Así la oración congregacional testifica y proclama la unidad del cuerpo entre sus miembros y la unidad perfecta a Dios. Ahora, es necesario que cada uno de ustedes sea hallado fiel en el sacerdocio, porque viene la hora en que ustedes serán administradores de las cosas verdaderas que están por manifestarse.

Porque de la manera como el sumo sacerdote puso su vida para rescatar a muchos de la muerte, es necesario que ustedes pongan sus vidas al servicio del reino. Pues ustedes no forman parte del viejo sacerdocio sino del nuevo, porque Yo ya me manifesté, y ahora Yo soy el sumo sacerdote de los bienes definitivos, y sirvo en un santuario más excelente y perfecto que no fue construido por manos de hombres; es decir, no es de esta creación. Yo entré en el santuario, ya no para ofrecer la sangre de chivos y becerros, sino mi propia sangre; he entrado una sola vez y para siempre, y he obtenido para siempre la salvación eterna de ustedes. Así que, la sangre que era rociada sobre los impuros, solo podía limpiar lo externo, mas no lo interno. Si esto era así, ¡Cuánto más poder tiene mi sangre! Pues por medio del Espíritu eterno, Yo me ofrecí a mi mismo a Dios como sacrificio sin mancha, y mi sangre limpia sus conciencias de las obras que llevan a la muerte, para que puedan servir al Dios viviente. *(Hebreos 9:11-14)* Ahora ustedes cuentan con un sumo sacerdote en los cielos, que está al frente de la casa de Dios, *(Hebreos 10:21)* por lo cual deben acercarse con un corazón limpio y sincero para servir a los propósitos del reino como administradores en cargados de enseñar los secretos del plan de Dios. Así que, como administradores de las diversas bendiciones de Dios, cada uno de ustedes sirva a los demás según los dones que haya recibido. Cuando alguno hable, sean sus palabras conforme a las mías. Cuando alguno preste algún servicio, préstelo con las fuerzas que yo les doy. Todo lo que hagan, háganlo para que Dios sea alabado por medio de mi nombre, a quien pertenece la gloria y el poder para siempre. *(1 Pedro 4:10-11)* Este es el sacerdocio que testifica que sus vidas ya no pertenecen al orden natural de las cosas de este mundo, sino al orden de las cosas celestiales por lo cual ahora ustedes mismos están sentados conmigo en los lugares celestiales, esto para mostrar mi gran amor por ustedes en estos tiempos y mi propósito de bendecirlos en todo. *(Efesios 2:6-7)*

Justo sentía que su corazón ardía por preguntar muchas cosas más a Jesús, pero ante tantas verdades solo podía guardar silencio. Sentía vergüenza por la veces que había dejado de testificar el nombre de Jesús a las personas que se sentaban junto a él en un bus, o al mendigo que estiraba su mano pidiendo una moneda, o la anciana que le pedía que le ayudara a cruzar la calle, o al vecino que se paraba junto a su puerta pensativo y con mirada extraviada por sus problemas. Pensaba en lo indiferentes que llegamos a ser ante el mundo que sufre y llora por la falta de consuelo y palabras de verdad que restauren su corazón quebrantado.

Jesús tomó la mano de Justo, quien agachó su

rostro avergonzado, y mirándolo con gran ternura le dijo:

- Sé que no es fácil tomar la cruz para seguirme, a muchos les cuesta mirar los asuntos del reino pues sus ojos están nublados por los afanes y la ansiedad de este mundo, pero es allí donde está la oportunidad de que sean mis testigos. Yo espero con paciencia que despierten de su largo sueño, mas esto te digo en verdad, que si un grano de trigo no cae en la tierra y muere, sigue siendo un solo grano; pero si muere, da abundante cosecha. El que ama su vida, la perderá; pero el que desprecia su vida en este mundo, la conservará para la vida eterna. Si alguno quiere servirme, que me siga; y donde yo estoy, allí estará también el que me sirve. Si alguno me sirve, mi Padre le honrará. *(Juan 12:24-26)*

Justo levantó su rostro por el que corrían como dos riachuelos sus lágrimas y miró por la ventana de su cuarto hacia el cielo azul, por donde cruzaba una bandada de loros silvestres haciendo gran bullicio. En ese instante dejó de sentir el cálido apretar de la mano de Jesús y al volver su rostro ya no le vio mas. Por su mente pasaban, como en una película, aquellos momentos en que comía sentado frente a la televisión viendo las nefastas noticias a diario, indiferente e imperturbable como para elevar una oración intercesora a Dios, o cuando algún necesitado se acercaba para pedir ayuda aún a la salida de la iglesia, o cuando vio a sus compañeros de trabajo sufrir en medio de las dificultades y jamás les habló de la respuesta para sus vidas. Ahora comprendía que ser la luz del mundo no significa solamente una profesión de fe, sino la manifestación al mundo de una perfecta comunión con el Cristo vivo que nos redimió del pecado en la cruz del calvario. Una comunión que solo puede manifestarse al permitirle al consumador de nuestras vidas, vivir su vida a través de cada uno de nosotros.

Justo giró su cabeza mirando por cada rincón de su cuarto como buscando y tan solo esbozó una sonrisa al pensar que no necesitaba verle para saber que aún estaba allí, él siempre estaba y estaría allí tal como lo prometió. *(Mateo 28:20)* Luego echando un vistazo a su cama vio que allí estaba la huella en la cobija, arrugada en el lugar donde había estado sentado Jesús, y a un lado su Biblia, abierta en el capítulo 61 de Isaías donde dice: *"El Espíritu de Jehová el Señor está sobre mí, porque me ungió Jehová; me ha enviado a predicar buenas nuevas a los abatidos, a vendar a los quebrantados de corazón, a publicar libertad a los cautivos, y a los presos apertura de la cárcel; a proclamar el año de la buena voluntad de Jehová."* Y meditando en esto pensó que la iglesia debería parafrasear esta palabra con relación a su manifestación como la luz del mundo así:

"El Espíritu de Dios está en mí y me ha capacitado para predicar el evangelio a los perdidos, a llevar sanidad a los

quebrantados de corazón, a proclamar la libertad que trae Cristo a los cautivos, y a los que piensan que no hay salida a sus problemas, mostrarles la puerta abierta en Cristo Jesús; a proclamar en todas las naciones la gracia salvadora de Dios".

Ahora un gran propósito se forjaba en el corazón de Justo, ser la luz del mundo. A través de la historia la iglesia ha desempeñado este papel en medio de muchas dificultades y ha dado su fruto. Justo no desconocía el esfuerzo de la iglesia por llevar el evangelio; pero, se requiere de una visión que vaya más allá del activismo religioso, en un compromiso particular de cada discípulo de Jesús para la extensión del reino. Una visión que descansa en la responsabilidad, el testimonio y la disciplina de la iglesia: responsabilidad al Padre, quien transmite plenitud de confianza, *(Efesios 3:10-12)* testimonio del Hijo, quien permanece como Señor de su iglesia, *(Filipenses 2:9-11)* y disciplina en el Espíritu Santo que guía a toda verdad, *(Juan 14:26-27)* alentando el testimonio redentor de Dios a través de su iglesia al mundo.

CAPITULO VI

El Fruto que Permanece para Vida Eterna

En esto es glorificado mi Padre, en que
llevéis mucho fruto, y seáis así mis
discípulos.

Juan 15:8

Cansado de caminar, vagando por la ciudad, unos labios van diciendo palabras de libertad. En sus ojos los destellos de un gran amor le dicen a los que pasan por su lado que aún hay esperanza. En sus manos trae promesas y el abrazo que da consuelo, el fresco rocío de unos versos de amor, el gran amor de Dios hacia los desamparados, los que deambulan por el laberinto interminable del error y los que piensan que su vida ya carece de valor. Las viejas bancas del parque central donde los ancianos y los vagabundos se sientan todas las tardes a contemplar las bandadas de palomas, que descienden para comer el maíz que algunos les traen. El vendedor ambulante que mira hacia todos lados buscando la esperanza del sustento diario, la niña de carita sucia que extiende su mano esperando una gota de compasión, el paralítico, el ciego, el rico y el pobre, todos en una misma escena. Allí, con ellos, está Justo que llega para descansar un poco después de caminar bajo el fatigante sol de la tarde; llevando la palabra como una gota de agua viva en el desierto espiritual de su ciudad. Han pasado treinta años, y a pesar de sus canas, su pálido rostro pero de expresión afable aún refleja la tranquilidad de una mar inconmovible. Su compromiso ha sido firme, su viejo compañero de batallas (un maletín) siempre estaba lleno de tratados y libritos con las palabras de Dios, que traen esperanza al mundo; y su vieja Biblia que se ha convertido en su amiga fiel e inseparable. A su edad había librado innumerables batallas de las cuales el Señor siempre le sacó victorioso. Su amor por la humanidad, lo había llevado a entregarse por completo a la predicación del evangelio. En medio de muchas dificultades, noches de frío, peligros de muerte y jornadas extenuantes, no desmayaba ni cesaba de dar testimonio. Había llevado a los pies de Jesús a cientos de almas predicando en todo lugar con denuedo el evangelio de las buenas nuevas; yendo a muchos lugares no importándole su condición social, fueran ricos o pobres, en medio del hambre y la enfermedad discipulándolos y dándoles testimonio de vida.

Llegando a una de las bancas se sentó para observar todo el movimiento a su alrededor, que parecía una melodía sinfónica de gran dramatismo. Las hojas de un viejo árbol caían a su alrededor, secas e inertes iban cubriendo el suelo; y mientras observaba esto, pensaba que la vida de muchos cristianos se parece a aquel viejo árbol, seco y sin hojas que brinden una buena sombra, aún cuando están en medio de una gran variedad que permanecen con sus ramas frondosas y verdes para dar la mejor sombra. Recordaba también aquel encuentro maravilloso con la verdad en ese mismo parque, cómo fueron abiertos sus ojos y fue transformado. Al levantar su rostro para mirar el cielo vio los negros nubarrones que intentaban cubrirlo todo, el clima había cambiado mucho. Una mañana hacía sol y a la tarde estaba cubierta de nubes con amenaza de lluvia, lo que se esperaba que fuera invierno se manifestaba como verano y lo que se creía verano desataba en invierno. Los días pasaban tan rápido que la gente vivía cada instante más afanada y estresada por no alcanzar a hacer sus tareas, cumplir con sus metas y mucho menos alcanzar sus anhelos. Parecía que aquella melodía interminable de la historia había pasado del adagio al presto sin dar lugar al andante. Sí, allí en medio de las densas nubes negras estaba el dragón, la serpiente antigua, quien mueve la corriente de este mundo, el príncipe de la potestad del aire, el espíritu que opera aún en los hijos de desobediencia. Y estando allí tuvo una gran visión: vio al hombre en su afán, desorientado y angustiado llevado por el error. Recordó entonces la visión de Juan, narrada en el libro del Apocalipsis: *"Y miré y he aquí un caballo blanco; y el que lo montaba tenía un arco; y le fue dado una corona, y salió venciendo, y para vencer."* *(Apocalipsis 6:2)* Y pensaba que este no puede ser otro que el engañador a quien se le dio un arco para destrucción. El ha venido a través de toda la historia del hombre sembrando la discordia; desde Caín y Abel entre quienes sembró la enemistad, y a partir de allí la división del pensamiento humano, resquebrajando lentamente la conciencia del hombre. El salió venciendo y para vencer, con el único fin de hacer mas honda la grieta que separa al hombre de Dios. Irrumpiendo en la vida del hombre con toda clase de ofrecimientos ilusorios de este mundo, que disuaden a la humanidad de la búsqueda de Dios. Cientos de hogares destruidos por el pensamiento libertino del hombre y de la mujer que no se sujetan a Dios, hijos que se levantan contra sus padres, miles de mujeres y hombres que militan en la prostitución, la homosexualidad, la drogadicción, el homicidio y toda clase de perversión, están bajo el influjo de aquel que no ha venido sino para robar, matar y destruir con la multitud de sus engaños. *(Juan 10:10)* Engaños que han permeado los valores y la moral, que han perdido su lugar en el corazón del hombre. No es sino mirar a nuestro alrededor y darnos cuenta, pensaba Justo, de que este jinete sigue haciendo su obra en el mundo. El engaño de la libre expresión de identidad sexual en la juventud, y en todos los niveles sociales, donde cada día a través de la publicidad, el cine y la televisión se promueven la promiscuidad y la homosexualidad. Cosas que ya atentan contra la salud mental y espiritual de nuestros niños que empiezan a crecer en medio de una sociedad que confunde y pervierte la moral, y la integridad del ser en nombre de la paz y la sana convivencia. Como dijo el Señor Jesús que en el tiempo de su venida no habrá advertencia de la hora de su llegada, pero que una señal que debemos mirar con atención, es que, como en los tiempos de Noé, así también será en los días del Hijo del Hombre. Que comían, bebían, se casaban y se daban en casamiento, hasta el día en que entró Noé en el arca, y vino el diluvio y los destruyó a todos. *(Lucas 17: 26-27)* Así también hoy, son cada vez más las naciones que aprueban el matrimonio entre homosexuales, y qué decir del pan diario en los noticieros, donde se muestra a la gente de farándula que viven efímeras relaciones, y tras cada divorcio se casan una y otra vez. En verdad esta sociedad está como en los tiempos de Noé, casándose y dándose en casamiento; pervirtiendo moral y espiritualmente el fundamento de la estructura social creada por Dios, al unir al hombre con la mujer. La perversión de lo bueno, desde lo más temprano de la edad del hombre a través de programas de dibujos animados, que inculcan a los niños la búsqueda y adoración de fuerzas ocultas, que no son más que la manifestación del satanismo disfrazado. El influjo de las motivaciones, a través de los medios, crea falsas necesidades al hombre, que se adentra en las aguas profundas del desenfrenado consumismo; la moda y la apariencia que no le permiten ver los valores de la unidad familiar, la pureza mental y espiritual que pueden traer paz a su corazón. Y más aún, lo arrojan al abismo de la indiferencia, donde el amor y la fidelidad no son fundamentos para sus fluctuantes relaciones afectivas. Lo que es peor, con sutileza y palabras que aparentan autoridad bíblica, este jinete ha llegado con su espada hasta el seno de la iglesia donde está haciendo su obra perversa engañando y nublando el corazón, aún a los escogidos; con falsas doctrinas y prácticas que no aparecen escritas en el contexto bíblico, sino que son tomadas de los ancestrales y paganos ritos precolombinos, en toda la extensión latinoamericana. Ritos que fueron fusionados con las creencias africanas, y que poco a poco se han colado en el culto y en el devocional de muchas congregaciones; que hacen alusión del poder de Dios mediante este engaño a través del espiritismo, el chamanismo y las prácticas agoreras. Y muchas otras hinduistas y afrocubanas que han entrado a formar parte de la doctrina en algunas congregaciones que han caído en la superstición y el sincretismo religioso. *(1 Timoteo 4:1 y 2 Timoteo 4:3-4)* Qué peligrosos pasos están dando las doctrinas de error hacia la fe cristiana aprovechando, el afán y la ansiedad de los incautos de buscar una experiencia sobrenatural con el Espíritu Santo, o experimentar fuerzas que les confirmen que sí lo tienen en sus vidas. Razón por la cual muchos viven de congregación en congregación buscando saciar su sed de estas experiencias, y no el compromiso de ser transformados, crecer y dar fruto mediante el servicio en la obra. *(Juan 12:24-26)*

Vaya si es triste el panorama que ofrece el mundo, se decía Justo a sí mismo. Es tanto lo que hay por hacer hoy mismo, y muchos en la iglesia aún durmiendo el sueño de sus cortos mundos, centrados en si mismos. Estaba sumido en sus pensamientos cuando un hombre pasó a su lado portando una radio, en la que escuchaba las noticias del día con gran volumen: *"rumores de guerra, guerra, gran mortandad, viles asesinatos, atentados terroristas, violaciones y abusos a menores, injusticia, y mas guerra..."* que trajeron a la mente de Justo las palabras de la visión de Juan: *"Y salió otro caballo, bermejo; y al que lo montaba le fue dado poder de quitar de la tierra la paz, y que se mataran los unos a los otros; y se le dio una gran espada."* *(Apocalipsis 6:4)* La muerte de los valores, el respeto y la sujeción al centro de la familia son el principio de la obra destructora del engaño al corazón del hombre. Justo miraba a su alrededor la mano de los niños extendida pidiendo, otros trabajando en el semáforo, cuando debieran estar en las aulas de sus escuelas recibiendo la educación que les haría hombres diferentes. Caritas sucias que reflejan en sus ojos el anhelo de unos brazos que los estrechen y una voz que les consuele con palabras de amor de una madre que vela por su seguridad, y un padre que provea para sus sueños de niño. El caminar de un anciano que no tiene un hogar donde pasar la noche, una vida de dolor que ahora es ignorada y mitigada bajo la sombra de un puente vehicular. Y qué decir de los jóvenes, que duermen un largo sueño sin esperanza en los andenes de la ciudad, y los desplazados que añoran sus tierras, donde ahora ya no crecen los tomates y las verduras, sino las cruces en las tumbas de sus seres queridos. Qué violento resultado arrojan las diferencias entre la humanidad que vive en una guerra constante; que mana de los corazones desprovistos del amor y la misericordia de Dios. La frialdad de una humanidad para la que una vida ya no vale nada. ¿Qué están haciendo los que duermen plácidamente en la iglesia, en medio de los sermones de bendición y prosperidad para sus vidas? Mientras esto hacen muchos, el jinete sobre el caballo bermejo hace su obra y millones mueren sin conocer el ofrecimiento de Dios. Tal vez los que duermen en la iglesia no han entendido las palabras de Jesús en el sermón del monte cuando dijo: *"Bienaventurados los pacificadores, porque ellos serán llamados hijos de Dios."* (Mateo 5:9) Debemos de proclamar la paz que trae Dios al mundo y velar por la paz, no solo orando por ella sino, como emisarios de Cristo, sembrando semillas de paz en todas las esferas sociales de la tierra. Y uniéndonos en un propósito más excelente, dejando las diferencias y discusiones acerca de palabras y doctrinas religiosas que hoy mismo son la guerra al interior de la iglesia y mirando mejor, fundamentados en la verdad y con el amor de Dios, a la necesidad del mundo. (Juan 3:16)

Justo se levantó de la banca y empezó a caminar por el parque pensando en que tal vez la indiferencia de muchos se da por la misma condición social de vivir en medio del conflicto, que pasa inadvertido como parte de la historia cotidiana de los pueblos. Los niños crecen adiestrándose para vivir la guerra y no la paz, en medio del flagelo mundial del desamor, la intolerancia y la supervivencia a costa de la desgracia del prójimo. Y gran parte de ellos no llega a sobrepasar los 16 años. ¿Hasta donde nos estamos acostumbrando a vivir en medio de la violencia? ¿30, 50 o más muertes al día en cada nación no nos moverán a hacer algo? ...*"Bienaventurados los pacificadores, porque ellos serán llamados hijos de Dios."*

Los montones de basura en un rincón del parque y un hombre que hurgaba en medio de las bolsas llamaron la atención de Justo, quien le preguntó:
-¿Qué haces?
- El hambre es cosa terrible, si al menos tuviera una oportunidad en la vida no tendría que buscar la comida en los basureros. Pero, gracias doy a Dios porque al menos así la encuentro.

Justo se conmovió profundamente y pensó en la actitud de aquellos, que teniendo abrigo y alimento, jamás dan gracias a Dios por la provisión, y este hombre lo hacía a pesar de su condición. Justo sacó del bolsillo de su pantalón un billete y lo extendió hacia el hombre quien recibiéndolo le dijo: - Gracias, porque hoy mi familia comerá dignamente, y se fue. Los ojos de Justo se llenaron de lágrimas mientras pensaba que esto no era suficiente; y a su mente llegaron como dardos las palabras de la visión de Juan en el libro del Apocalipsis: *"Cuando abrió el tercer sello, oí al tercer ser viviente, que decía: Ven y mira. Y miré, y he aquí un caballo negro, y el que lo montaba tenía una balanza en la mano. Y oí una voz de en medio de los cuatro seres vivientes, que decía: Dos libras de trigo por un denario, y seis libras de cebada por un denario; pero no dañes el aceite ni el vino."* (Apocalipsis 6:5-6)

Hasta donde está llegando la indiferencia de la humanidad que tiene posesiones en este mundo, la usura hace que los desprotegidos y más pobres del planeta no puedan tener acceso a una alimentación digna, y en gran parte a una alimentación siquiera. La escasez de alimentos está sonando la alarma en todos los rincones del mundo. Las cosechas se echan a perder por causa de los terribles cambios climáticos; y los desastres naturales destruyen las cosechas a su paso. Inundaciones, terremotos, hambres y pestilencias son señales indiscutibles del gran caos que vive nuestro planeta. *(Lucas 21:11)* El desempleo es un mal social que ha alcanzado hoy a todas las naciones donde la pobreza material es cada vez más marcada y la opulencia de los que poseen riquezas mucho más estruendosa. En esto se evidencia el contraste del lujo y el estatus que trae el vino y el aceite como símbolo de riqueza y poder en medio de la gran escasez de alimentos que narra la visión de Juan. Las celebridades del mundo y el jetset internacional gastan millones en sus lujuriosas reuniones donde se exaltan el ego los unos a los otros, mientras en todo el mundo millones mueren de hambre. Los gobiernos en todo el mundo invierten cantidades exageradas en armamento para sus países, mientras sus núcleos sociales más bajos perecen en la miseria. Y en medio de esto está la iglesia; es triste ver como en la televisión se hace alarde de las megaconstrucciones que hacen algunos líderes para sus congregaciones, invierten millones en lujosos "centros de adoración a Dios", y no hacen otra cosa que hablar de prosperidad y prosperidad; claro, el dinero es importante, el mismo Señor hace alusión en los cuatro evangelios al hecho de que gran parte de los problemas de la humanidad son económicos. La economía es importante, pero ¿a caso no saben que cada creyente es templo de Dios, y que el Espíritu de Dios mora en cada uno? *(1 Corintios 3:16)* ¿No piensan que el Señor no busca casas artesonadas y lujos excesivos sino adoradores en espíritu y verdad? *(Juan 4:23-24)* ¿Y que tales adoradores son los que hacen su voluntad de llevar fruto en abundancia en todas las áreas de su vida? ¿A caso no enseñó el Señor a sus discípulos a cerca de este sacerdocio cuando repartió cinco panes de cebada y dos pececillos entre más de cinco mil personas? Porque, cierto es, que la predicación del evangelio debe ir acompañada de toda piedad y abundancia para con los que lo reciben, porque muchos exhortan desde los pulpitos del mundo a dar y sembrar con liberalidad; más aún, muchos dan de lo que no tienen en medio de gran necesidad y estos no reciben a cambio ni siquiera el abrazo y el amor de sus pastores. *(Santiago 2: 14-16)* El Señor no desconoce la necesidad material del hombre cuando dice que no solo de pan vivirá el hombre sino de toda palabra que sale de la boca de Dios, *(Lucas 4:4)* "no solo" es el énfasis en el hecho de que nuestra condición humana no rompe las leyes físicas de la creación al recibir y obedecer la palabra de Dios, sino más bien que el sustento de estas leyes físicas de la naturaleza en el hombre son comprensibles ante la obediencia a la palabra de Dios, quien es la persona que provee a toda la creación de lo necesario para su sustento. Nuestra dependencia de Dios nos lleva a vivir bajo la constante sombra de sus cuidados. *(Deuteronomio 8:3)* Justo no pretendía cambiar en sus fuerzas la forma de pensar de muchos en la iglesia y menos de tratar de cambiar la actitud de la iglesia en todas las naciones, él apenas era uno más de los que trataba de entender y obedecer el plan de Dios para su vida. Pero, pensaba que ahora es imperativo que la iglesia se manifieste al mundo como una comunidad sanadora en medio del caos, como lo fue en sus inicios, menos preocupada por el lujo personal y el lugar de culto, y más comprometida con fructificar en la extensión del reino de los cielos; pues Jesús mismo dijo: *"Porque a los pobres siempre los tendréis con vosotros..."* *(Juan 12:8)* es decir, que la pobreza será un mal social que irá en crecimiento a la par que la iglesia, hasta que llegue el día del nuevo orden con la segunda venida de nuestro Señor Jesucristo. Mientras tanto la iglesia tiene la oportunidad de manifestar al mundo la abundancia de las bendiciones de Dios cuidando de los pobres y saciando el hambre, no solo espiritual sino también material, de aquellos que están por ser alcanzados para el reino de los cielos.

Justo recordó con tristeza lo que escuchó un día en un programa radial, cuando una persona llamó al predicador para solicitar consejería y él tan solo le respondió preguntándole que si ella daba los diezmos, lo cual parece era una condición para poder ayudarle. Aquella persona guardó silencio mientras el predicador le daba un sermón sobre los diezmos y las ofrendas sin interesarse por la necesidad de quien le llamó. Justo pensaba en la forma interesante como Pablo enseñaba sobre las ofrendas, no interesándose por cuanto, como o cuando, sino por la salud espiritual de los creyentes de quienes esperaba tuvieran vidas fructíferas delante de Dios. *(Filipenses 4:17)* Esto era algo que Justo había aprendido, que el compromiso de cada creyente con la obra de Dios no solo está en el crecimiento espiritual que trae la obediencia a la palabra, sino en saber dar con toda liberalidad. Pues el dar no debe ser un condicionamiento o exigencia de los hombres, sino el compromiso de cada creyente de fructificar, en obediencia, el amor que Dios ha depositado en cada corazón, y que es el don inefable. *(2 Corintios 9:1-15)* Porque es mandato de Dios diezmar y dar todo tipo de ofrendas, pero con pureza de corazón, y un corazón que ame hacer la voluntad perfecta de Dios; pues esto es de verdad consignar en las cuentas del reino de los cielos. *(Lucas 21:1-4)*

No podemos dejar de preguntarnos hoy: ¿Estamos enterrando los talentos que Dios nos dio, mirando solo hacia el interior de la iglesia, o los estamos multiplicando al fructificar hacia el mundo externo donde Dios nos manda a invertir con liberalidad?

Sí, aquellos nubarrones negros sobre los que cabalgan los tres primeros jinetes, muestran un paisaje desolador; pero qué decir del cuarto jinete: *"Miré y he aquí un caballo amarillo, y el que lo montaba tenía por nombre Muerte, y el Hades le seguía; y le fue dada potestad sobre la cuarta parte de la tierra, para matar con espada, con mortandad, y con las fieras de la tierra."* *(Apocalipsis 6:8)* Justo pensaba en las nefastas noticias que a diario se publican en los diarios, las desgarradoras imágenes que transmiten en la televisión y la violenta realidad de la mortandad que nos rodea. Homicidios, prostitución, abusos, violencia intrafamiliar, drogadicción, suicidios, guerras, corrupción y desastres naturales son las huellas indelebles que dejan las herraduras del caballo amarillo sobre el que cabalga la muerte. Cada día son más los que se pierden, que los que se ganan para el reino; desde que Juan el Bautista vino para anunciar la llegada del Mesías al mundo hasta ahora, el reino de los cielos sufre violencia, y los que usan la fuerza pretenden destruirlo. *(Mateo 11:12)*

Así es, la obra del enemigo de Dios es impedir que el reino de Dios florezca en los corazones de los que van por el camino equivocado, por esta causa seduce con engaños a los incautos, para que guiados por el error, perezcan sin la esperanza de la salvación. Por otra parte la mortandad no solo alcanza a la humanidad sino también a toda la naturaleza creada pues la tala indiscriminada de bosques, los desechos químicos y la caza irracional de las especies está causando un caos ecológico, que si bien afecta la vida humana, también se extiende hacia todas las formas de vida creadas sobre la tierra. Qué nefastas consecuencias ha traído a la humanidad la desobediencia al mandamiento de Dios de no atentar contra la vida del prójimo, pues los que esto hacen aborrecen la imagen de Dios manifestada en cada ser humano *(Génesis 9:5-6)* Verdaderamente, pensaba Justo, el ojo del huracán se acerca, los cuatro jinetes ya están haciendo su obra; así que, la iglesia tiene más excelente obra por hacer en el mundo, como pacificadores y sembradores de semillas de paz. Manifestando al mundo la vida abundante que da Cristo a los que le siguen; y dando frutos abundantes que permanezcan para vida eterna.

Después de caminar un poco, Justo se volvió para dar un último vistazo a aquel árbol seco en medio de los frondosos y verdes árboles que rodeaban el parque; y pensaba en la iglesia como el plantío de Dios. *(Isaías 61:3)* Un plantío en el cual también hay árboles de hoja seca, aquellos que no tienen ramas que den fruto. Aquellos que no han ajustado sus vidas a la palabra de Dios, porque piensan que la palabra tiene que ajustarse a sus necesidades y demandas, y no ellos a las demandas de Dios de dar fruto abundante. *(Juan 15: 1-3)* Sólo podemos adorar a Dios en Espíritu y en verdad, cuando le permitimos hacer su obra en nuestra vida para que podamos llevar el fruto que él espera de cada uno de nosotros. *(Juan 15: 8)* Aún así, Justo no juzgaba a la iglesia. El Señor la ha sostenido durante veintiún siglos y ha venido haciendo su obra en y a través de ella, pues el mismo que empezó la obra será quien la termine. Durante los años de su lucha interior por comprender el comportamiento de la iglesia en medio del mundo; había aprendido a amarla y valorarla, porque cada uno de los que la componen son lo verdadero de Dios, lo que no perece y permanece para siempre.

Justo había dedicado su vida al servicio del Señor en una entrega genuina, al comprender la importancia de no ser tan solo creyentes que vamos los domingos y damos los diezmos cumplidamente y nada más; sino que como árboles plantados en el huerto de Dios, nuestro compromiso es dar los mejores frutos en cada área de nuestras vidas y ese compromiso implica una entrega total de todo lo que somos para la proclamación de las buenas nuevas de Dios. Pensaba en las palabras del salmista que dicen: *"El justo florecerá como palmera; crecerá como cedro del Líbano. Plantados en la casa de Jehová, en los atrios de nuestro Dios florecerán. Aún en la vejez fructificarán; estarán vigorosos y verdes, para anunciar que Jehová mi fortaleza es recto, y que en él no hay injusticia."* (Salmos 92:12-15) Si el conjunto de la iglesia somos esos árboles plantados por Dios, entonces es porque la semilla del sembrador cayó en buena tierra, por lo que somos llamados a llevar fruto a ciento por uno. (Lucas 8:8) El panorama que nos ofrece el mundo es el anuncio de la tormenta que se avecina, una tormenta que además de ser un período de gran dolor y sufrimiento para la humanidad, es una oportunidad para la iglesia de dar testimonio, de hacer la obra que el Señor Jesucristo nos ha encomendado. (Lucas 21:13)

Justo había comprendido que un encuentro íntimo y personal con Jesús debe producir grandes cambios al hombre interior y darnos un crecimiento espiritual en la comunión permanente con nuestro Dios, pero que también debe producir el compromiso y el anhelo por involucrarse de una manera activa a la obra de Dios. Negándose así mismo; para que, como dijo el apóstol Pablo, ya no viva yo, sino que viva Cristo en mí.

Mirando todas estas cosas, Justo hizo un repaso de su vida, todo lo que había visto y escuchado a través de los años; y pensaba que a pesar de los esfuerzos de la iglesia, la palabra de Dios dará su cumplimiento finalmente. El Señor ha sido paciente, esperando que la humanidad entera se vuelva a él en arrepentimiento, pero el día del

Señor vendrá como ladrón en la noche.

Por su parte el grano de trigo había caído a la tierra, quedando solo y muriendo para llevar mucho fruto. *(Juan 12:24)* No quería ya dormir como los que duermen en la noche, sino que, quería velar como quien espera a su Señor para que no le halle ocioso y sin frutos que ofrecerle. De pronto, mientras caminaba lentamente por la calle para continuar su obra, un relámpago hizo gran estruendo entre las nubes iluminando todo; y pudo escuchar con claridad una voz que le dijo: "Alza tus ojos y mira los campos, porque ya están blancos para la siega", *(Juan 4:35)* y esbozando una sonrisa prosiguió su camino hasta perderse en medio de la multitud.

CAPITULO VII

Entrada triunfal al Reino Manifestado de Dios

En el principio era el Verbo, y el Verbo era con Dios, y el Verbo era Dios. Este era en el principio con Dios. Todas las cosas por él fueron hechas, y sin él nada de lo que ha sido hecho, fue hecho. En él estaba la vida, y la vida era la luz de los hombres. La luz en las tinieblas resplandece, y las tinieblas no prevalecieron contra ella.

Juan 1:1-5

La vida, la luz de los hombres; la luz que vino al mundo para habitar en cada corazón para que ya no haya tinieblas en la humanidad. Esa luz maravillosa había llegado un día a la vida de Justo para transformarlo todo, trayendo la iluminación espiritual a su vida, acompañando su nuevo nacimiento. Solo a través de Jesús, él había recibido la iluminación con el fin de comprender cómo iniciar la marcha por el camino a la vida eterna.

A su edad no pretendía haberlo alcanzado todo, y el Señor le había enseñado a no mirar hacia el pasado para entristecer, sino a vivir en un constante presente con propósito para el futuro; pero Justo había aprendido que todo lo que vivió y padeció desde el principio no fue en vano, finalmente en el ocaso de sus días, veía claramente que todas las cosas le habían ayudado para bien. El había aprendido amar a Dios, comprendiendo el propósito con el que fue llamado. Como hombre experimentado en dolores y sufrimientos, Justo pudo ver la luz que poco a poco fue echando fuera toda tiniebla de su corazón, al permitirle a Cristo entrar en su vida para iluminarlo todo y ser transformado de gloria en gloria en su imagen y semejanza. *(Romanos 8:28-30 y 2 Corintios 3:17-18)* Imagen que se fue revelando a su vida sólo cuando llevado de la mano de Jesús, pudo entrar en la profunda oscuridad de su corazón, que era como una habitación donde no se podían distinguir sus muebles por las densas tinieblas. Al oprimir Jesús el interruptor de su verdad todo se iluminó con la dulce luz de su Espíritu Santo que hizo posible ver todo cuanto había oculto en esa habitación. Cada fotón de la luz de Cristo reveló que habían demasiadas cosas por tirar a la basura; cosas que tenía por invaluables y que a su luz eran nada. Esa habitación tuvo que ser vaciada y restaurada para poder albergar el nuevo inmobiliario que Cristo traía para hacer de ella un altar de adoración en Espíritu y en Verdad.

Todo aquello que antes valía mucho para Justo, ahora por causa de Cristo lo tenía por algo sin valor. Más aún, a nada le concedía ahora ningún valor comparándolo con el bien supremo de conocer a Cristo Jesús, su Señor. Por causa de Cristo lo había perdido todo, y todo lo consideró basura a cambio de ganarlo a él y encontrarse unido a él. Miraba hacia el pasado y recordaba como había perdido a amigos y hermanos en la fe, que cuando le vieron derribado por la adversidad le dieron la espalda, sometiéndolo a juicio y echando por tierra su buen nombre, y señalándolo cada vez que se esforzaba por servirle al Señor y mostrar la preeminencia de Cristo en su vida. Más el Señor le había bendecido en todo y su fidelidad nunca cesó; pero aún la riqueza material que había alcanzado era nada comparada con la gloria de permanecer unido a Cristo en una constante relación de amor y verdad. Justo nunca buscó quedar libre de sus culpas por obedecer a la ley (como pretenden muchos religiosos los cuales aún no han circuncidado sus corazones), sino por medio de la fe en Cristo; es decir, que Dios lo librara de su culpa por medio de la fe. Lo que quiso fue conocer a Cristo, sentir en él el poder de su resurrección, tomar parte en sus sufrimientos y llegar a ser como él en su muerte, con la esperanza de llegar a ser como él en la resurrección de los muertos. Y llegar a ser como él en su muerte, significó morir al mundo, siendo sepultado juntamente con Cristo en el bautismo y experimentando la dicha de un nuevo nacimiento. *(Romanos 6:1-14)*

Cuanta tiniebla había sacado Jesús del corazón de Justo, no que pretendiera haberlo alcanzado todo, ni que ya sea perfecto; pero seguía adelante con la esperanza de alcanzarlo, aún a pesar de su avanzada edad, puesto que Jesús le había alcanzado primero con su amor y le había mostrado un camino más excelente. Ya no iba a recordar más lo que había quedado atrás, sino que esforzándose por alcanzar lo que está delante, lograr llegar a la meta y ganar el premio que Dios nos llama a recibir por medio de Cristo Jesús. La verdad le había hecho libre, y cada día más libre; la razón de su mente natural había sido iluminada por la luz de aquel verbo preexistente, la palabra que da la vida. Aquel verbo se hizo algo que nunca antes había sido. Sin dejar de ser Dios, asumió una humanidad completa, real y permanente; se hizo "carne", un hombre en su totalidad, tanto cuerpo como alma. La palabra se hizo carne entre la carne para mostrar cual es el camino, y la verdad y la vida para llegar a la presencia de Dios. Para que todo hombre sobre la faz de la tierra que cree en su nombre pudiera ver la gloria de Dios en la persona de Jesús; es decir, la shekinah de Dios (Heb. Morada). *(Juan1:14)* El Reino de Dios se había manifestado a Justo en ese encuentro íntimo y personal con Jesús, trayéndole libertad y vida eterna.

Mientras meditaba en todas estas cosas, Justo decidió ir a dar un paseo por el centro de la ciudad, sentía que su obra en la tierra estaba cesando. Pensaba que aún había mucho por hacer, pero era necesario que las nuevas generaciones tomaran una decisión de seguir los pasos del Señor

Jesucristo. A pesar de su edad perseveraba en predicar las buenas nuevas y hacer discípulos; pero dando un vistazo a su alrededor se entristecía al ver la juventud desperdiciada en las vanidades ilusorias del mundo. Justo como buen soldado había librado la batalla, pero cada hombre sobre la tierra debe luchar su propia batalla contra el mal, sujetando su vida a Cristo Jesús. Y con el compromiso de llevar luz a muchos, para que aprendan a librar la guerra espiritual que les dará la libertad de sus almas. Porque el reino de Dios se hizo presente a través del ministerio de Jesús *(Mateo 12:28)* quien derrotando a los demonios demostró que había llegado la hora del conflicto final entre las fuerzas del bien y las fuerzas del mal, dos reinos en conflicto constante por ganar el alma del hombre. El echar fuera a los demonios, por parte de Jesús, fue el principio del fin de Satanás. El conflicto entre Jesús y Satanás está desarrollándose. Jesús ha atado a Satanás y está saqueando el reino de éste. *(Marcos 3:27)* Jesús aún lucha contra los enemigos de Dios, a través de su cuerpo (la iglesia). *(Efesios 6:12)* Por lo que ha concedido a sus discípulos la autoridad de echar fuera demonios *(Marcos 6:7-13 y 16:17; Mateo 10:7-8; Lucas 10:18)*

Hasta ahora nadie sino Jesús, habló acerca de derrotar a Satanás comenzando por el presente. Dios ahora está en guerra con Satanás, pero es necesario que las nuevas generaciones tomen una decisión de ir y hacer discípulos. Cada generación debe tener este compromiso y no dejarlo solo a la historia de la iglesia, que aunque testifica los hechos poderosos de Dios, tan solo pueden darnos motivación y aliento para vencer ante los inclementes cambios de los tiempos. Al echar fuera a los demonios, Jesús mostró que Dios se identifica con las personas afligidas. Dios se preocupa: él quiere que el hombre sea una persona completa; su deseo es que experimente la amante presencia de él. Dios se mostró plenamente en el ministerio de Jesús cuando Jesús atacó a Satanás echando fuera demonios. La gente sanada sabía que Jesús se interesaba en ella y los que observaban sus curaciones se daban cuenta de su compasión. Esto debe motivar a las nuevas generaciones en un compromiso por usar los dones que han recibido de parte de Dios, no solo para enriquecer la bendición al centro de la iglesia, sino para ir al mundo y testificar del poderoso amor de Dios en Cristo Jesús. Mostrando que Dios se preocupa por nuestra luchas en esta vida. Esto, en parte, es lo que significa echar fuera demonios. Pues Dios no espera que nosotros por nuestra cuenta echemos fuera el mal que nos asedia; porque no espera venir a nosotros hasta que estemos limpios. Sino que es el quien hace la obra libertadora en nuestras vidas y no nosotros. El echa fuera los demonios y no nosotros. Pues el echar fuera los demonios y el mal que amenazan la vida, no son una preparación para el reino de Dios, sino el resultado de que el reino ha llegado. Cuando la luz de Cristo llega a cada corazón, las tinieblas no pueden prevalecer. Entonces, es necesario que hayan más obreros, y obreros capacitados para discernir y afrontar la sazón de los tiempos.

Mientras cavilaba, Justo se olvidaba de cuan lejos iba caminando. Esto era algo que nunca había dejado de hacer, a pesar de que tenía un vehículo para transportarse. Caminar en medio de la gente era lo mejor, poder encontrar la sed y la necesidad de la palabra de Dios a cada paso, era una oportunidad invaluable para depositar las semillas del Reino de Dios.

Llegando al parque central se detuvo para observar como había cambiado todo, apenas quedaban unos pocos detalles de aquel lugar donde tuvo por primera vez ese maravilloso encuentro con Jesús. Las viejas bancas habían sido removidas y reemplazadas por unas estructuras en acero que le imprimían un toque más acorde al siglo XXI. El caudal del río ahora se veía muy limpio, pues después de tantos años se había logrado recuperar de la extrema contaminación a la que había sido sometida a finales del siglo XX. La modernización que trajeron los sistemas de transporte masivo y los grandes cambios arquitectónicos, hacían ver la ciudad como una metrópoli de gran auge económico. Las viejas vallas y los avisos publicitarios habían sido reemplazados por pantallas gigantescas, parecidas a las LCD de principios del siglo XXI utilizadas en los computadores, que activadas por energía solar daban sus anuncios las 24 horas del día mostrando múltiples imágenes en movimiento de acuerdo al sitio desde donde se observaran. Todo esto causando poca contaminación visual pues las nuevas construcciones eran pensadas para llevar puntos estratégicos donde ubicar los anuncios. Ya poco tenía que salir de su casa para hacer las compras, pues por un sistema en red se podían ver los artículos en este tipo de pantallas que eran instaladas en los hogares desde donde se hacían las compras con tarjetas especiales, muy seguras, que parecían diminutas computadoras. Tarjetas que teniendo información específica del ADN del portador hacían más segura la transacción. Y qué decir del biochip que los más adinerados se estaban haciendo implantar en su dedo índice el cual colocando en un dispositivo especial en la pantalla daba información de su ADN y sus cuentas para hacer todo tipo de transacciones. Estas dos cosas eran algo que Justo siempre se había negado a hacer, inculcándoles siempre a sus hijos y a aquellos que discipulaba el abstenerse de ello por obvias razones. *(Apocalipsis 13:15-18)* Cómo había cambiado todo; la fuente del parque central ya no era la vieja obra labrada en piedra con dos querubines por los cuales a manera de orina salían los chorros de agua embelleciendo la vista del parque. Ahora la fuente era un espectáculo mayor con chorros de agua que seguían los movimientos de las luces, que mediante un sistema de láser computarizado hacían figuras de colores que asombraban a los transeúntes.

Al llegar a una de las estructuras de acero, donde estaban antes las bancas, se sentó y observó detenidamente el tablero implantado en un lugar de la estructura; el cual le ofrecía las noticias del día, las cotizaciones de moneda nacional e internacional, y todo tipo de asunto económico además del estado del tiempo y una evaluación de su estado de salud colocando su mano en una pantalla especial por tan solo una transacción con su tarjeta o su dedo índice. Justo pensaba mientras observaba a la gente pasar, que a pesar de los adelantos de la ciencia y su tecnología, la humanidad no prospera espiritualmente; que a pesar de las medidas de seguridad implantadas por los gobiernos, cada vez más gente muere sin conocer la verdad de Cristo. Y cada vez son más los que son alcanzados por las enfermedades y pestes que son peores que las del SIDA, el Ébola y la Neumonía Atípica en su juventud, por las cuales mueren a diario muchos sin conocer a Cristo. La inmoralidad sexual es cada día peor, la pornografía y la trata de blancas no han sido erradicadas; además los violentos cada día encuentran nuevas formas de cometer sus homicidios, y la maldad cada vez es más recia. Ciertamente y tal como lo dijo el profeta Daniel que la ciencia aumentaría y muchos correrían de un lado para otro; mas los hombres perversos aumentarán sus malas obras. *(Daniel 12:1-13)* Estaba sumido en estos pensamientos cuando una voz a su lado le dijo:

- Sí Justo, en verdad es necesario que todo esto acontezca, pero aún espero que muchos se vuelvan de sus malas obras.

Justo se sorprendió tanto como la primera vez, allí junto a él estaba Jesús. Su vieja humanidad se estremeció con un gran temblor, y sintió que esta vez de verdad no iba a poder resistir tanto; pero Jesús posó su mano sobre su hombro y le dijo:

- Ten ánimo y recobra el aliento hijo, bienaventurado eres porque entendiste mis palabras y hoy te he hallado haciendo lo que esperaba de ti. *(Mateo 24: 45-46)*

- Señor, yo quisiera haber podido hacer mucho más, si tan solo tú me hubieras alcanzado siendo yo mucho más joven; pero ahora ya estoy lleno de años, mas aún tengo este compromiso.

- No está en el activismo religioso el hacer más, sino en obrar bajo mi perfecta voluntad, pues vendrán muchos a mí y me dirán Señor, Señor y yo les responderé apártense de mí hacedores de maldad, por cuanto no fructificaron en sus vidas la verdad. *(Mateo 7:21-23)*

- Pero, ¿hasta cuando esperaremos el momento de tu advenimiento y la instauración del Reino de los cielos, pues trabajamos y nuestro esfuerzo parece no ser suficiente porque los tiempos son cada vez peores?

- Ya el reino se ha acercado a ustedes y ustedes son partícipes del reino por la fe, porque todo aquel que confiesa mi nombre para salvación eterna lo confiesa, y yo le daré lugar en el reino. *(Romanos 10:8-11)* Y ciertamente hoy he venido a ti para decirte que pronto estarás con migo en el lugar donde yo estoy.

Justo se sumió en el silencio y después de unos minutos sus ojos se llenaron de lágrimas, no tuvo palabras que decir. A pesar de las grandes dificultades y las batallas que tuvo que librar durante su vida, este mundo es hermoso. En todo lo que Dios creó podemos evidenciar la belleza y la grandeza de un amor infinito de aquel que quiso hacerlo todo para poner en él finalmente el objeto de su amor, el hombre. Y Justo había aprendido a amar con esa intensidad a la humanidad con un amor que todo lo soportó, que jamás envidió, ni nunca presumió a pesar de las revelaciones, el cual tampoco se llenó de orgullo, ni fue grosero, ni egoísta, por lo cual no se enojó, ni guardó rencor, ni se alegró de las injusticias, sino que se alegró de la verdad. Un amor que lo sufrió todo, lo creyó todo y lo soportó todo. *(1 Corintios 13:4-7)* Por esto, cuán doloroso le resultaba dejar a los que aprendió a amar.

Jesús pasó su brazo por encima de los hombros de Justo y lo estrechó contra su pecho y le dijo:

\-   No te angusties, como confías en mí verás la promesa sobre tu vida. En casa de mi Padre hay muchos lugares donde vivir; sino fuera así yo no se los hubiera prometido, porque esta promesa es para todos los que confían y esperan en mí, pues pronto volveré otra vez para llevarlos conmigo, para que todos estén conmigo en el lugar donde yo estoy. *(Juan 14:1-3)*

\- Sí mi Señor, mi gozo es por saber a donde iré después de hoy, pero mi preocupación es por los míos, los cuales tendrán que esperar en este mundo.

\- Te entiendo hijo, pero recuerda lo que he dicho: Feliz el hombre que teme a Dios, y en sus mandamientos se deleita en gran manera. Su descendencia será poderosa en la tierra; la generación de los rectos será bendita. Bienes hay en su casa y su justicia permanece para siempre. *(Salmos 112:1-3)* Así que todo lo bueno que sembraste en los tuyos permanecerá por amor de mi nombre, pues yo he cortado la maldición y quebranté el acta que te era contraria, anulándola en la cruz y humillando a los seres espirituales que te reclamaban, llevándolos prisioneros y exhibiéndolos públicamente en mi desfile victorioso. *(Colosenses 2:13-15)* Por lo que una vez dije a Abraham que en él serían benditas todas las familias del mundo, y en él eres bendito tu y tu descendencia. *(Génesis 12:3; 18:18; 26:4; 28:14 y Gálatas 4:21-31)* Más aún así, sabes que ellos deberán también confiar y esperar en mí, buscando una relación constante de amor y obediencia conmigo. Ahora, es necesario que ordenes tu casa pues te haré descansar de tus obras. Yo conozco que desde niño has luchado arduamente y conozco todo lo que haces; conozco tu duro trabajo y tu constancia por buscar mi presencia desde el momento en que te llamé, y sé que no puedes soportar el encontrar maldad en los hombres. También sé que por mi palabra has probado a los que dicen ser apóstoles y no lo son, y has descubierto que son mentirosos. Has sido constante y has sufrido por mi causa, sin cansarte. Y aunque por un poco de tiempo casi olvidas tu primer amor, mi amor te encaminó para que todo lo que antes hiciste fuera confirmado con un poder más excelente en tus obras postreras. Obras que llevaron el sello inconfundible de los míos, el amor verdadero. Por esto en el paraíso te daré a comer del árbol de la vida. *(Apocalipsis 14:13)*

- Señor, tu me has honrado con tu presencia, me has levantado del polvo y has hecho brillar tu luz y tu justicia sobre mí como la luz del sol en el medio día. Te revelaste a mí y te manifestaste de esta manera tan maravillosa, ¿por qué aún a mis hermanos les cuesta creer que esto pueda pasar? Yo anhelo que la iglesia pueda caminar contigo de esta manera, más allá de la contemplación y la mentalidad religiosa.

- Todo el que se acerca a Dios debe creer que Dios existe; la fe que va más allá de los paradigmas religiosos, de las posturas doctrinales fuera de contexto y de las formas litúrgicas que ponen límites al espíritu humano el cual yo hago libre para que pueda comprender la buena voluntad de Dios por medio de la verdad. Fe que puede llevarlos a adorar en Espíritu y en verdad. *(Romanos 1:17; Gálatas 3:11; Hebreos 10:38)*

Justo guardó silencio ante las palabras de Jesús, pensando en la pesada carga que se imponen algunos hermanos al enmarcar sus vidas en una postura religiosa, postura que les impide ver más allá en una relación constante de amor con el autor de la vida. Aquel que da una vida abundante a través de su ofrecimiento de entrar por la puerta angosta, que es él mismo. Puerta por la cual se entra, pero que al cruzar el umbral se sale a lugares deleitosos, de verdes pastos y cristalinas fuentes de aguas que sacian la sed. *(Juan 10:7-10)* Esto es de verdad entrar en el reposo del Señor; reposo que se traduce estar conectados con la inagotable fuente de vida abundante, el constante gozo y la paz que sobrepasa a todo entendimiento. *(Mateo 11:25-30)*

Jesús rompió aquel momento de silencio y conociendo los pensamientos de Justo dijo: - Sé cuanto aprendiste a amar la iglesia, aquel que ama a la iglesia me ama a mí. *(Juan 17:20-23 y 21:15-17)* Mas esto te digo en verdad para que no temas, que la novia es perfeccionada para ser digna del esposo; esta es la obra del Espíritu Santo, la cual es esperanza y paz para los que confían en mí. Y todo el que viene a mi no le echo fuera para que entre en mi reposo; porque de cierto te digo, que se acerca el día en que con gran voz se les dirá a los escogidos: "Alaben a nuestro Dios todos ustedes, pequeños y grandes, todos ustedes que lo sirven y le tienen reverencia". Será entonces con gran estruendo, como el ruido de una cascada y de fuertes truenos que los escogidos responderán: "¡Alabado sea el Señor! Porque ha comenzado a gobernar el Señor, nuestro Dios todo poderoso. Alegrémonos, llenémonos de gozo y démosle gloria, porque ha llegado el momento de las bodas del Cordero. Su esposa se ha preparado: Se le ha permitido vestirse de lino fino, limpio y brillante, porque ese lino es la recta conducta de los que pertenecen al pueblo de Dios". Entonces habrá gran gozo y fiesta entre los que han sido invitados a las bodas del Cordero. *(Apocalipsis 19:5-9)*

En aquel instante Justo alzó sus ojos hacia el cielo y con voz fuerte dijo: - "¡¡Te alabo Señor Dios todo poderoso, por que tuya es la gloria por los siglos de los siglos, pues no hay fuera de ti quien pueda prometer la incomparable vida eterna, y tus promesas jamás serán quebrantadas!!". Al bajar su mirada se dio cuenta que Jesús ya no estaba, y sus ojos se encontraron con las miradas atónitas de los que por allí pasaban. Entonces amándolos se puso de pie y empezó a hablarles el mensaje de las buenas nuevas, con tal denuedo y poder que ninguno podía resistirse al escuchar hablar a aquel anciano, que con voz firme les invitaba a acercarse a Dios. Justo, al predicar, se sentía como aquel primer día que abrió su boca para hablar el mensaje de Dios, pleno de un gozo incomparable que le hacía vibrar con una fuerza nunca antes experimentada por él. Sus palabras llevaban una carga que salía de lo más profundo de su corazón, un corazón lleno del Espíritu Santo, que manifestaba el poder de Dios en el quebranto de los corazones de quienes escuchaban el mensaje. Durante muchos años había dedicado su vida a la predicación del evangelio, y en los grandes estadios del mundo, miles de personas atendieron el llamado de Dios.

La noche trajo su manto de brillantes destellos, las aves buscaron abrigo en sus nidos y los hombres marcharon al descanso de sus obras del día hacia sus hogares. Justo terminó de dar su consejo y repartió el último tratado que quedaba en el bolsillo de su camisa. Caminó de nuevo mirando todo a su alrededor, pensando que pronto ya nunca más volvería a ver aquellos edificios, las calles y los rostros de sus amados coterráneos. La expectativa de lo desconocido que le esperaba al

otro lado del umbral y lo que se va a dejar de este lado crea cierta ansiedad, pues nuestros afectos no dejan de ser apreciables ante el encuentro con el autor del amor, antes se hacen más fuertes al comprender la magnitud y el poder del amor de Dios derramado en nuestros corazones. Y esto es lo que hace más difícil aceptar nuestro paso transitorio por este mundo. Pero Justo había aprendido a aceptar la voluntad de Dios para su vida, pues durante toda su vida Dios le mostró que todas las cosas le ayudaron para bien. *(Romanos 8:28-29)*
Como dice el proverbio popular nunca hubo mal que no se manifestara para impulsarlo hacia un bien mayor. Ahora le animaba la esperanza en la promesa de Dios, que un día estarán los suyos junto a él, alabando, adorando y sirviéndole al Dios vivo por los siglos de los siglos.

Los días pasaron y las fuerzas abandonaron a Justo. En su lecho, cansado del camino yacía, no con el pesar y el arrepentimiento de irse, sino con el gozo por haber hecho y consumado en su vida el propósito de Dios. Su cansado corazón daba los últimos latidos de la vida transitoria de este mundo mientras su alma y su espíritu palpitaban por continuar, al otro lado del umbral, la plenitud de una vida imperecedera. El mundo y los que están en él continuarían con sus luchas, sus aciertos y desaciertos. Y los que han creído seguirán manteniendo la esperanza viva de una salvación tan grande hasta que llegue el gran día. Llamando a sus seres queridos, Justo anunció su partida; aquellos hermanos que habían aprendido a amarlo se abrazaron a él como queriendo impedir lo inevitable. Lloraron juntos y se consolaron mutuamente, e incorporándose en su lecho mirando a los hermanos de su iglesia y a todos los suyos que estaban en aquella habitación les dijo: - No se aflijan por mí, más bien, gócense al saber que han alcanzado la libertad con que nuestro Señor Jesucristo nos ha hecho libres. Así pues, libres ya de culpa gracias a la fe, tenemos paz con Dios por medio de nuestro Señor Jesucristo. Pues por Cristo gozamos del favor de Dios por medio de la fe, y estamos firmes, y nos alegramos con la esperanza de tener parte en la gloria de Dios. Y no sólo esto, sino que también nos alegramos en el sufrimiento; porque sabemos que el sufrimiento nos da firmeza para soportar, y esta firmeza nos permite salir aprobados y salir aprobados nos llena de esperanza. Y esta esperanza no nos defrauda, porque Dios ha llenado con su amor nuestro corazón por medio del Espíritu Santo que nos ha dado. *(Romanos 5:1-5)* Así que, firmes en la promesa del Señor no dejen de perseverar en extender el reino de los cielos para que al final cuando venga el dueño de la vid halle en cada uno de ustedes los mejores frutos que permanezcan para vida eterna.

Orando por cada uno así los despidió hasta

quedarse solo con sus dos hijos, a quienes tomó de sus manos y empezó a decirles: - "Ustedes han sido el amor y la vida de Dios manifestada a mi vida. Cuando miraba sus caritas de niños mi corazón se llenaba de alegría, la sonrisa de sus labios fueron la sonrisa de Dios a mi corazón. Los he amado con el amor que Dios me enseñó a amarlos, con el amor que mi Padre que está en los cielos me manifestó y me enseñó todas las cosas, con un amor que nunca dejará de ser, aún más allá en la eternidad porque nos une con los irrompibles lazos del amor de Dios. A ti hija amada, Justicia de Dios, mi primogénita tenerte a mi lado fue en verdad una bendición de Dios. Verte crecer en estatura y en el Señor es maravilloso. Tú eres mi especial tesoro, y espero que siempre camines por esta senda, perseverando en la fe en el Señor Jesucristo, que es la mejor honra que puedas ofrecer a mi vida. Y que hoy y todos los días de tu vida sean plenos de bendiciones. El Señor Dios todo poderoso te prosperará en todos tus caminos porque tú eres como el rocío que llena de gozo la mañana y cada día se llena de luz, tus palabras serán como el bálsamo que sana lo profundo del corazón, y te llamarán sabia y bienaventurada, porque he aquí el Señor te pondrá como lumbrera y poseerás tu heredad, tierra de buena cosecha donde la vid y el olivo nunca escasean, y donde el trigo llena de gozo los campos. Piedras preciosas en la corona del rey serán tus hijos y una nación de gigantes para gloria y honra de nuestro Dios. La llenura del Espíritu hermoseará de continuo tu corazón y el gozo de la salvación te acompañará por caminos deleitosos hasta el fin. A ti hijo amado, coronado de Dios, varón lleno del Espíritu y sabiduría, con amor eterno te he amado porque eres la promesa que vino de la mano de Dios, que trajo regocijo a mi ser. Tus abrazos de niño y tus palabras hicieron brotar la alegría de mi corazón en los momentos de prueba. Verte crecer fue un regalo de Dios. Como saeta en el arco de Dios serás, y tus palabras como poderoso bramido del viento y del mar; llamado serás profeta del altísimo y la bendición no cesará todos los días de tu vida; poseerás la heredad y tus hijos serán incontables como la arena del mar. Por tu testimonio multitudes se volverán al Dios de los cielos y al final tendrás el galardón de la mano de Dios".

Así, abrazados los tres, parecieron fundirse en uno solo; en un instante que quedó como una imagen que seguirá perenne en la eternidad. Luego, levantando su rostro iluminado por el resplandor de una alegría nunca antes manifestada dijo: "¡Ya viene por mí!". Y cerrando sus ojos partió en su viaje hacia la eternidad.

Epílogo

En cuanto a la pasada manera de vivir, despojaos del viejo hombre, que está viciado conforme a los deseos engañosos, y renovaos en el espíritu de vuestra mente, y vestíos del nuevo hombre, creado según Dios en la justicia y santidad de la verdad.

Efesios 4:22-24

Quizás para muchos en el mundo entero un encuentro íntimo y personal con el Señor, el Dios todo poderoso, parezca imposible en la magnitud en que se presenta en esta historia. La rigidez religiosa, la elevada erudición y la sabiduría humana parecen apenas aceptar que Dios es la persona real e incomparable que se presenta en todo el contexto bíblico; pero en muchos casos se descarta que una persona tan normal y sencilla como Justo pueda tener una relación tan cercana e íntima con el Señor. Lo cierto es que el contexto bíblico nos enseña que ese Dios maravilloso que creó los cielos y la tierra, que habló con Abraham, con Isaac, con Jacob y con Moisés; y que se reveló a la humanidad entera en la persona de Jesucristo, quiere entablar una relación íntima y personal con usted.

El está esperando que usted descorra el velo de la

religiosidad que le impide ver más allá en una relación donde haga una genuina entrega de su vida a Dios, una entrega integral donde su voluntad, sus emociones y su intelecto sean rendidos completamente sin medida ni condiciones, para que El sea quien gobierne su vida y lo lleve a experimentar la vida abundante que Dios ofrece.

La iglesia de nuestros tiempos sufre gravemente, hoy por hoy, los inclementes ataques de todas las cosas que dijeron los apóstoles y siervos del Señor, cuando manifestaron que en los postreros tiempos habría hombres amadores de si mismos, egoístas, amantes del dinero, orgullosos y vanidosos. Hablarían en contra de Dios (inventando doctrinas de hombres), desobedecerían a sus padres, serían ingratos y no respetarían la búsqueda de Dios. No tendrían cariño ni compasión, serían chismosos, no podrían dominar sus pasiones, serían crueles y enemigos de todo lo bueno. Serían traidores y atrevidos, estarían llenos de vanidad y buscarían sus propios placeres en vez de buscar a Dios. Aparentarían ser muy religiosos, pero con sus hechos negarían el verdadero poder de la religión. *(2 Timoteo 3:1-5)* Pero Dios quiere levantar hombres y mujeres comprometidos no solo con la práctica religiosa del culto, sino personas que experimenten un verdadero nuevo nacimiento, un despertar a la vida en el Espíritu.

Finalmente espero que la lectura de este libro le haya llevado a entender que, más que un simple reconocimiento de la necesidad de Dios en su vida, usted debe experimentar un encuentro íntimo y personal con Él. Usted puede empezar ahora mismo una nueva relación con el Señor, lleno de un nuevo propósito, conocerle tal y como Él es. No tiene que esperar a que algo extraordinario ocurra a su alrededor, solo tiene que ir a la Biblia, atienda todo su consejo y pídale al Espíritu Santo que le revele los insondables tesoros que Dios ha preparado para usted en su palabra. Y mi oración es, que este encuentro íntimo y personal le lleve a ser UN ADORADOR EN ESPÍRITU Y EN VERDAD.